名传奇短篇小说集

三言二拍

精选本

【明】冯梦龙 凌濛初·著

民主与建设出版社
·北京·

图书在版编目（CIP）数据

三言二拍：精选本 /（明）冯梦龙，（明）凌濛初著

北京：民主与建设出版社，2018.6

ISBN 978-7-5139-2179-4

Ⅰ.①三… Ⅱ.①冯… ②凌… Ⅲ.①话本小说—小说集—中国—明代 Ⅳ.① I242.3

中国版本图书馆 CIP 数据核字 (2018) 第 117897 号

三言二拍：精选本

SAN YAN ER PAI JING XUAN BEN

出 版 人 李声笑

著　　者 （明）冯梦龙，（明）凌濛初

责任编辑 王颂

封面设计 荣景苑

出版发行 民主与建设出版社有限责任公司

电　　话 （010）59417747　59419778

社　　址 北京市海淀区西三环中路 10 号望海楼 E 座 7 层

邮　　编 100142

印　　刷 永清县晔盛亚胶印有限公司

版　　次 2019 年 8 月第 1 版

印　　次 2024 年 5 月第 2 次印刷

开　　本 710 毫米 ×1000 毫米　1/16

印　　张 12

字　　数 100 千字

书　　号 ISBN 978-7-5139-2179-4

定　　价 48.00 元

目 录

二刻拍案惊奇

警世通言

钱舍人题诗燕子楼

烟花风景眼前休，此地仍传燕子楼。
鸳梦肯忘三月蕙？翠颦能省一生愁。
柘因零落难重舞，莲为单开不并头。
娇艳岂无黄壤瘗？至今人过说风流。

话说大唐自文武大圣大广孝皇帝谥法太宗开基之后，至十二帝宪宗登位，凡一百九十三年。天下无事日久，兵甲生尘，刑具不用。时有礼部尚书张建封做官年久，恐妨贤路，遂奏乞骸骨归田养老。宪宗曰："卿年齿未衰，岂宜退位？果欲避冗辞繁，敕镇青、徐数载。"建封奏曰："臣虽菲才，既蒙圣恩，自当竭力。"遂敕建封节制武宁军事。建封大喜。平昔爱才好客，既镇武宁，拣选才能之士，礼置门下。后房歌姬舞妓，非知书识礼者不用。武宁有妓关盼盼，乃徐方之绝色也。但见：

歌喉清亮，舞态婆娑，调弦成合格新声，品竹作出尘雅韵。琴弹古调，棋覆新图。赋诗琢句，追风雅见于篇中；搦管丹青，夺造化生于笔下。

建封虽闻其才色无双，缘到任之初，未暇召于樽俎之间。

忽一日，中书舍人白乐天名居易自长安来，宣谕兖、郓，路过徐府，乃建封之故人也。喜乐天远来，遂置酒邀饮于公馆，只见：

幕卷流苏，帘垂朱箔；瑞脑烟喷宝鸭，香醪光溢琼壶。果劈天浆，食烹异味。绮罗珠翠，列两行粉面梅妆；脆管繁音，奏一派新声雅韵。遍地舞裀铺蜀锦，当筵歌拍按红牙。

当时酒至数巡，食供两套，歌喉少歇，舞袖亦停。忽有一妓，抱胡琴立于筵前，转袖调弦，独奏一曲，纤手斜拈，轻敲慢按。满座清香消酒力，一庭雅韵爽烦襟。须臾，弹彻韶音，抱胡琴侍立。建封与乐天，俱喜调韵清雅，视其精神举止，但见花生丹脸，水剪双眸，意态天然，迥出伦辈。回视其余诸妓，粉黛如土。遂呼而问曰："孰氏？"其妓斜抱胡琴，缓移莲步，向前对曰："贱妾关盼盼也。"建封喜不自胜，笑谓乐天曰："彭门乐事，不出于此。"乐天曰："似此佳人，名达帝都，信非虚也！"建封曰："诚如舍人之言，何惜一诗赠之？"乐天曰："但恐句拙，反污丽人之美。"盼盼据卸胡琴，掩袂而言："妾姿质丑陋，敢烦珠玉？若果不以猜贱见弃，是微躯随雅文不朽，岂胜身后之荣哉！"乐天喜其黠慧，遂口吟一绝：

凤拨金甸砌，檀槽后带垂。
醉娇无气力，风袅牡丹枝。

盼盼拜谢乐天曰："贱妾之名，喜传于后世，皆舍人所赐也。"于是宾主欢洽，尽醉而散。

翌日，乐天车马东去，自此建封专宠盼盼，遂于府第之侧，择佳地创建一楼，名曰"燕子楼"。使盼盼居之。建封治政之暇，轻车潜往，与盼盼宴饮。交飞玉斝，共理笙簧；璨锦相偎，鸾衾共展。绮窗唱和，指花月为题；绣阁论情，对松筠为誓。歌笑管弦，情爱方浓。不幸彩云易散，皓月难圆。建封染病，盼盼请医调治，服药无效，问卜无灵，转加沉重而死。子孙护持灵柩，归葬北邙，独弃盼盼于燕子楼中。香消衣被，尘满琴筝，沉沉朱户长扃，悄悄翠帘不卷。盼盼焚香指天誓曰："妾妇人，无他计报尚书恩德，请落发为尼，诵佛经资公冥福，尽此一生，誓不再嫁！"遂闭户独居，凡十换星霜，人无见面者。乡党中有好事君子，慕其才貌，怜其孤苦，暗暗通书，以窥其意。盼盼为诗以代柬答，前后积三百余首，编缀成集，名曰《燕子楼集》，镂板流传于世。

忽一日，金风破暑，玉露生凉，雁字横空，蛩声喧草。寂寥院宇无人，静锁一天秋色。盼盼倚栏长叹独言曰："我作之诗，皆诉愁苦，未知他人能晓我意否？"沉吟良久，忽想翰林白公必能察我，不若赋诗寄呈乐天，诉我衷肠，必表我不负张公之德。遂作诗三绝，缄封付老苍头，驰赴西洛，诣白公投下。白乐天得诗，启缄展视，其一曰：

北邙松柏锁愁烟，燕子楼人思悄然；
因埋冠剑歌尘散，红袖香消二十年。

其二曰：

适看鸿雁岳阳回，又睹玄禽送杜来；
瑶瑟玉萧无意绪，任从蛛网结成灰。

其三曰：

楼上残灯伴晓霜，独眠人起合欢床；

相思一夜知多少？地角天涯不是长！

乐天看毕，叹赏良久。不意一妓女能守节操如此，岂可弃而不答？亦和三章以嘉其意，遣老苍头驰归。盼盼接得，拆开视之，其一曰：

钿晕罗衫色似烟，一回看着一潸然；
自从不舞《霓裳曲》，叠在空箱得几年？

其二曰：

今朝有客洛阳回，曾到尚书冢上来；
见说白杨堪作柱，争交红粉不成灰。

其三曰：

满帘明月满庭霜，被冷香销拂卧床；
燕子楼前清夜雨，秋来只为一人长。

盼盼吟玩久之，虽获骊珠和璧，未足比此诗之美。笑谓侍女曰："自此之后，方表我一点真心。"正欲藏之箧中，见纸尾淡墨题小字数行，遂复展看，又有诗一首：

黄金不惜买蛾眉，拣得如花只一枝；

歌舞教成心力尽，一朝身死不相随？

盼盼一见此诗，愁锁双眉，泪盈满脸，悲泣哽咽。告侍女曰：“向日尚书身死，我恨不能自缢相随，恐人言张公有随死之妾，使尚书有好色之名，是玷公之清德也。我今苟活以度朝昏，乐天不晓，故作诗相讽。我今不死，谤语未息。”遂和韵一章云：

独宿空楼敛恨眉，身如春后败残枝；
舍人不解人深意，讽道泉台不去随。

书罢，掷笔于地，掩面长吁。久之，拭泪告侍女曰：“我无计报公厚德，惟坠楼一死，以表我心。”道罢，纤手紧褰绣袂，玉肌斜靠雕栏，有心报德酬恩，无意偷生苟活，下视高楼，踊跃奋身一跳。侍女急拽衣告曰：“何事自求横夭？”盼盼曰：“一片诚心，人不能表，不死何为？”侍女劝曰：“贞躯报德，此心虽佳，但粉骨碎身，于公何益！且遗老母，使何人侍养？”盼盼沉吟久之曰：“死既不能，惟诵佛经，祝公冥福。”自此之后，盼盼惟食素饭一盂，闭阁焚香，坐诵佛经，虽比屋未尝见面。久之鬓云懒掠，眉黛慵描，倦理宝瑟瑶琴，厌对鸳衾凤枕。不施朱粉，似春归欲谢庾岭梅花。瘦损腰肢，如秋后消疏隋堤杨柳。每遇花辰月夕，感旧悲哀，寝食失常。不幸寝疾，伏枕月余，遽尔不起。老母遂卜吉，葬于燕子楼后。

盼盼既死，不二十年间，而建封子孙，亦散荡消索。盼盼所居燕子楼遂为官司所占。其地近郡圃，因其形势改作花园，为郡将游赏之地。星霜屡改，岁月频迁，唐运告终，五代更伯。当周显德之末，天水真人承运而兴，整顿朝纲，经营礼法。顾视而妖氛寝灭，指挥而宇宙廓清。至皇宋二叶之时，四海无犬吠之警。当时有中书舍人钱易字希白，乃吴越王钱镠之后裔也。文行诗词，独步朝野，久住紫薇，意欲一历外任。遂因奏事之暇，上章奏曰："臣久据词掖，无毫发之功，乞一小郡，庶竭驽骀。"上曰："青鲁地腴人善，卿可出镇彭门。"遂除希白节制武宁军。希白得旨谢恩。下车之日，宣扬皇化，整肃条章，访民瘼于井邑，察冤枉于囹圄，屈己待人，亲耕劝农，宽仁惠爱，劝化凶顽，悉皆奉业守约，廉谨公平。听政月余，节届清明。既在暇日，了无一事，因独步东阶。天气乍暄，无可消遣，遂呼苍头前导，闲游圃中。但见：

晴光霭霭，淑景融融，小桃绽妆脸红深，嫩柳袅宫腰细软。幽亭雅榭，深藏花圃阴中；画舫兰桡，稳缆回塘岸下。莺贪春光时时语，蝶弄晴光扰扰飞。

希白信步，深入芬芳，纵意游赏，到红紫丛中。忽有危楼飞槛，映远横空，基址孤高，规模壮丽。希白举目仰观，见画栋下有牌额，上书“燕子楼”三字。希白曰：“此张建封宠盼盼之处，岁月累更，谁谓遗踪尚在！”遂摄衣登梯，径上楼中，但见：

画栋栖云，雕梁耸汉，视四野如窥目下，指万里如睹掌中。遮风翠幕高张，蔽日疏帘低下。移踪但觉烟霄近，举目方知宇宙宽。

希白倚栏长叹言曰：“昔日张公清歌对酒，妙舞邀宾，百岁既终，云消雨散，此事自古皆然，不足感叹。但惜盼盼本一娼妓，而能甘心就死，报建封厚遇之恩，虽烈丈夫何以加此。何事乐天诗中，犹讥其不随建封而死？实怜守节十余年，自洁之心，泯没不传，我既知本末，若缄口不为褒扬，盼盼必抱怨于地下。”即呼苍头磨墨，希白染毫，作古调长篇，书于素屏之上。其词曰：

人生百岁能几日？荏苒光阴如过隙！樽中有酒不成欢，身后虚名又何益？清河太守真奇伟，曾向春风种桃李。欲将心事占韶华，无奈红颜随逝水。佳人重义不顾生，感激深恩甘一死。新诗寄语三百篇，贯串风骚洗沐耳。清楼十二横霄汉，低下珠帘锁双燕。娇魂媚魄不可寻，尽把阑干空倚遍！

希白题罢，朗吟数过，忽有清风袭人，异香拂面。希白大惊，此非花气，自何而来？方疑讶间，见素屏后有步履之声。希白即转屏后窥之，见一女子，云浓绀发，月淡修眉，体欺瑞雪之容光，脸夺奇花之艳丽，金莲步稳，束素腰轻。一见希白，娇羞脸黛，急挽金铺，平掩其身。虽江梅之映雪，不足比其风韵。希白惊讶，问其姓氏。此女舍金铺，掩袂向前，叙礼而言曰："妾乃守园老吏之女也，偶因令节，闲上层楼，忽值公相到来，妾慌急匿身于此，以蔽丑恶。忽闻诵吊盼盼古调新词，使妾闻之，如获珠玉，遂潜出听于素屏之后，因而得面台颜。妾之行藏，尽于此矣。"希白见女子容颜秀丽，词气清扬，喜悦之心，不可言喻。遂以言挑之曰："听子议论，想必知音。我适来所作长篇，以为何如？"女曰："妾门品虽微，酷喜吟咏，闻适来所诵篇章，锦心绣口，使九泉衔恨之心，一旦消释。"希白又闻此语，愈加喜悦曰："今日相逢，可谓佳人才子，还有意无？"女乃敛容正色，掩袂言曰："幸君无及于乱，以全贞洁之心！惟有诗一首，仰酬厚意。"遂于袖中取彩笺一幅上呈。希白展看其诗曰：

人去楼空事已深，至今惆怅乐天吟！
非君诗法高题起，谁慰黄泉一片心？

希白读罢，谓女子曰："尔既能诗，决非园吏之女，果何人也？"女曰："君详诗意，自知贱妾微踪，何必苦问？"希白春心荡漾，不能拴束，向前拽其衣裾，忽闻槛竹敲窗，惊觉，乃一枕游仙梦。伏枕于书窗之下，但见炉烟尚袅，花影微欹，院宇沉沉，方当日午。希白推枕而起，兀坐沉思，"梦中所见者，必关盼盼也，何显然如是？千古所无，诚为佳梦。"反复再三叹曰："此事当作一词以记之。"遂成《蝶恋花》词，信笔书于案上，词曰：

一枕闲欹春昼午，梦入华胥，邂逅飞琼侣。娇态翠颦愁不语，彩笺遗我新奇句。几许芳心犹未诉，风竹敲窗，惊散无寻处！惆怅楚云留不住，断肠凝望高唐路。

墨迹未干，忽闻窗外有人鼓掌作拍，抗声而歌，调清韵美，声入帘栊。希白审听窗外歌声，乃适所作《蝶恋花》词也。希白大惊曰："我方作此词，何人早已先能歌唱？"遂启窗视之，见一女子翠冠珠珥，玉珮罗裙，向苍苍太湖石畔，隐珊珊翠竹丛中，绣鞋不动芳尘，琼裾风飘袅娜。希白仔细定睛看之，转柳穿花而去。希白叹异，不胜惆怅。后希白官至尚书，惜军爱民，百姓赞仰，一夕无病而终。这是后话。正是：

一首新词吊丽容，贞魂含笑梦相逢。
虽为翰苑名贤事，编入稗官小史中。

范鳅儿双镜重圆

帘卷水西楼，一曲新腔唱打油；
宿雨眠云年少梦，休讴，且尽生前酒一瓯。
明日又登舟，却指今宵是旧游；
同是他乡沦落客，休愁！月子弯弯照九州？

这首词末句，乃借用吴歌成语，吴歌云：

月子弯弯照九州？几家欢乐几家愁。
几家夫妇同罗帐，几家飘散在他州！

此歌出自南宋建炎年间，述民间离乱之苦。只为宣和失政，奸佞专权，延至靖康，金虏凌城，掳了徽、钦二帝北去。康王泥马渡江，弃了汴京，偏安一隅，改元建炎。其时东京一路百姓，惧怕鞑虏，都跟随车驾南渡。又被虏骑追赶，兵火之际，东逃西躲，不知拆散了几多骨肉！往往父子夫妻，终身不复相见。其中又有几个散而复合的，民间把作新闻传说。正是：

剑气分还合，荷珠碎复圆。

万般皆是命，半点尽由天！

话说陈州有一人。姓徐名信，自小学得一身好武艺，娶妻崔氏，颇有容色，家道丰裕，夫妻二人正好过活。却被金兵入寇，二帝北迁。徐信共崔氏商议，此地安身不牢，收拾细软家财，打做两个包裹，夫妻各背了一个，随着众百姓晓夜奔走。行至虞城，只听得背后喊声振天，只道鞑虏追来，却原来是南朝杀败的溃兵。只因武备久弛，军无纪律，教他杀贼，一个个胆寒心骇，不战自走；及至遇着平民，抢掳财帛子女，一般会扬威耀武。徐信虽然有三分本事，那溃兵如山而至，寡不敌众，舍命奔走。但闻四野号哭之声，回头不见了崔氏。乱军中无处寻觅，只得前行。行了数日，叹了口气，没奈何，只索罢了。

行到睢阳，肚中饥渴，上一个村店，买些酒饭。原来离乱之时，店中也不比往昔，没有酒卖了；就是饭，也不过是粗粝之物；又怕众人抢夺，交了足钱，方才取出来与你充饥。徐信正在数钱，猛听得有妇女悲泣之声。“事不关心，关心者乱。”徐信且不数钱，急走出店来看，果见一妇人，单衣蓬首，露坐于地上。虽不是自己的老婆，年貌也相仿佛。徐信动了个恻隐之心，以己度人道：“这妇人想也是遭难的。”不免上前问其来历。妇人诉道：“奴家乃郑州王氏，小字进奴。随夫避兵，不意中途奔散，奴孤身被乱军所掠。行了两日一夜，到于此地，两脚俱肿，寸步难移，贼徒剥取衣服，弃奴于此。衣单食缺，举目无亲，欲寻死路，故此悲泣耳。”徐信道：

“我也在乱军中不见了妻子，正是‘同病相怜’了。身边幸有盘缠，娘子不若权时在这店里住几日，将息贵体，等在下探问荆妻消耗，就便访取尊夫，不知娘子意下如何？”妇人收泪而谢道：“如此甚好。”徐信解开包裹，将几件衣服与妇人穿了，同他在店中吃了些饭食，借半间房子，做一块儿安顿。徐信殷殷勤勤，每日送茶送饭。妇人感其美意，料道寻夫访妻，也是难事。今日一鳏一寡，亦是天缘，热肉相凑，不容人不成就了。又过数日，妇人脚不痛了。徐信和他做了一对夫妻，上路直到建康。正值高宗天子南渡即位，改元建炎，出榜招军，徐信去充了个军校，就于建康城中居住。

日月如流，不觉是建炎三年。一日，徐信同妻城外访亲回来，天色已晚，妇人口渴，徐信引到一个茶肆中吃茶。那肆中先有一个汉子坐下，见妇人入来，便立在一边偷看那妇人，目不转睛。妇人低眉下眼，那个在意？徐信甚以为怪。少顷，吃了茶，还了茶钱出门，那汉又远过相随。比及到家，那汉还站在门首，依依不去。徐信心头火起，问道："什么人？如何窥觑人家的妇女！"那汉拱手谢罪道："尊兄休怒！某有一言奉询。"徐信忿气尚未息，答应道："有什么话，就讲罢！"那汉道："尊兄倘不见责，权借一步，某有实情告诉。若还嗔怪，某不敢言。"徐信果然相随，到一个僻静巷里。那汉临欲开口，又似有难言之状。徐信道："我徐信也是个慷慨丈夫，有话不妨尽言。"那汉方才敢问道："适才妇人是谁？"徐信道："是荆妻。"那汉道："娶过几年了？"徐信道："三年矣。"那汉道："可是郑州人，姓王小字进奴么？"徐信大惊道："足下何以知之？"那汉道："此妇乃吾之妻也。因兵火失散，不意落于君手。"徐信闻言，甚踟躇不安，将自己虞城失散，到睢阳村店，遇见此妇始末，细细述了："当时实是怜他孤身无倚，初不晓得是尊阃，如之奈何？"那汉道："足下休疑，我已别娶浑家，旧日伉俪之盟，不必再题。但匆忙拆开，未及一言分别。倘得暂会一面，叙述悲苦，死亦无恨。"徐信亦觉心中凄惨，说道："大丈夫腹心相照，何处不可通情。明日在舍下相候，足下既然别娶，可携新阃同来，做个亲戚，庶于邻里耳目不碍。"那汉欢喜拜谢。临别，徐信问其姓名，那汉道："吾乃郑州列俊卿是也。”是夜，徐信先对王进奴述其缘由。进奴思想前夫恩义，暗暗偷泪，一夜不曾合眼。

到天明，盥漱方毕，列俊卿夫妇二人到了。徐信出门相迎，见了俊卿之妻，彼此惊骇，各各恸哭。原来俊卿之妻，却是徐信的浑家崔氏。自虞城失散，寻丈夫不着，却随个老妪同至建康，解下随身簪珥，赁房居住。三个月后，丈夫并无消息，老妪说他终身不了，与他为媒，嫁与列俊卿。谁知今日一双两对，恰恰相逢，真个天缘凑巧。彼此各认旧日夫妻，相抱而哭。当下徐信遂与列俊卿八拜为交，置酒相待。至晚，将妻子兑转，各还其旧。从此通家往来不绝。有诗为证：

夫换妻兮妻换夫，这场交易好糊涂。
相逢总是天公巧，一笑灯前认故吾。

此段话题做“交互姻缘”，乃建炎三年建康城中故事。同时又有一事，叫做“双镜重圆”。说来虽没有十分奇巧，论起“夫义妇节”，有关风化，到还胜似几倍。正是：

话须通俗方传远，语必关风始动人。

话说南宋建炎四年，关西一位官长。姓吕名忠翊，职授福州监税。此时七闽之地，尚然全盛。忠翊带领家眷赴任：一来福州凭山负海，东南都会，富庶之邦；二来中原多事，可以避难。于本年起程，到次年春间，打从建州经过。《舆地志》说："建州碧水丹山，为东闽之胜地。"今日合着了古语两句：

洛阳三月花如锦，偏我来时不遇春。

自古"兵荒"二字相连，金虏渡河，两浙都被他残破；闽地不遭兵火，也就见个荒年，此乃天数。话中单说建州饥荒，斗米千钱，民不聊生。却为国家正值用兵之际，粮饷要紧，官府只顾催征上供，顾不得民穷财尽。常言"巧媳妇煮不得没米粥"，百姓既没有钱粮交纳，又被官府鞭笞逼勒，禁受不过，三三两两，逃入山间，相聚为盗。"蛇无头而不行"，就有个草头天子出来，此人姓范名汝为，仗义执言，救民水火。群盗从之如流，啸聚至十余万。无非是：

风高放火，月黑杀人。
无粮同饿，得肉均分。

官兵抵挡不住，连败数阵。范汝为遂据了建州城，自称元帅，分兵四出抄掠。范氏门中子弟，都受伪号，做领兵官将。汝为族中有个侄儿名唤范希周，年二十三岁，自小习得一件本事，能识水性，伏得在水底三四昼夜，因此起个异名唤做范鳅儿。原是读书君子，功名未就，被范汝为所逼。凡族人不肯从他为乱者，先将斩首示众。希周贪了性命，不得已而从之。虽在贼中，专以方便救人为务，不做劫掠勾当。贼党见他凡事畏缩，就他鳅儿的外号，改做“范盲鳅”，是笑他无用的意思。

再说吕忠翊有个女儿，小名顺哥，年方二八，生得容颜清丽，情性温柔，随着父母福州赴任。来到这建州相近，正遇着范贼一支游兵，劫夺行李财帛，将人口赶得三零四散。吕忠翊失散了女儿，无处寻觅，嗟叹了一回，只索赴任去了。

单说顺哥脚小伶俜，行走不动，被贼兵掠进建州城来。顺哥啼啼哭哭，范希周中途见而怜之。问其家门，顺哥自叙乃是宦家之女。希周遂叱开军士，亲解其缚，留至家中，将好言抚慰，诉以衷情：“我本非反贼，被族人逼迫在此。他日受了朝廷招安，仍做良民。小娘子若不弃卑末，结为眷属，三生

有幸。”顺哥本不愿相从，落在其中，出于无奈，只得许允。次日，希周禀知贼首范汝为，汝为亦甚喜。希周送顺哥于公馆，择吉纳聘。希周有祖传宝镜，乃是两镜合扇的，清光照彻，可开可合，内铸成“鸳鸯”二字，名为鸳鸯宝镜，用为聘礼；遍请范氏宗族，花烛成婚。

一个是衣冠旧裔，一个是阀阅名姝；一个儒雅丰仪，一个性格温柔。一个纵居贼党，风云之气未衰；一个虽作囚俘，金玉之姿不改。绿林此日称佳客，红粉今宵配吉人。

自此夫妻和顺，相敬如宾。

自古道：“瓦罐不离井上破。”范汝为造下弥天大罪，不过乘朝廷有事，兵力不及。岂期名将张浚、岳飞、张俊、张荣、吴玠、吴璘等，屡败金人，国家初定，高宗卜鼎临安，改元绍兴。是年冬，高宗命韩蕲王讳世忠统领大军十万，前来讨捕。范汝为岂是韩公敌手，只得闭城自守，韩公筑长围以困之。原来韩公与吕忠翊先在东京有旧，今番韩公统兵征剿反贼，知吕公在福州为监税官，必知闽中人情土俗。其时将帅专征的都带有空头敕，遇有地方人才，听凭填敕委用。韩公遂用吕忠诩为军中都提辖，同驻建州城下，指麾攻围之事。

城中日夜号哭，范汝为几遍要夺门而出，都被官军杀回，势甚危急。顺哥向丈夫说道：“妾闻‘忠臣不事二君，烈女不更二夫’。妾被贼军所掠，自誓必死。蒙君救拔，遂为君家之妇，此身乃君之身矣。大军临城，其势必破。城既破，则君乃贼人之亲党，必不能免。妾愿先君而死，不忍见君之就戮也。”引床头利剑便欲自刎。希周慌忙抱住，夺去其刀，安慰道：“我陷在贼中，原非本意，今无计自明，玉石俱焚，已付之于命了。你是宦家儿女，掳劫在此，与你何干？韩元帅部下将士，都是北人，你也是北人，言语相合，岂无乡曲之情？或有亲旧相逢，宛转闻知于令尊，骨肉团圆，尚不绝望。人命至重，岂可无益而就死地乎？”顺哥道：“若果有再生之日，妾誓不再嫁。便恐被军校所掳，妾宁死于刀下，决无失节之理！”希周道：“承娘子志节自许，吾死亦瞑目。万一为漏网之鱼，苟延残喘，亦誓愿终身不娶，以答娘子今日之心！”顺哥道：“鸳鸯宝镜，乃是君家行聘之物，妾与君共分一面，牢藏在身。他日此镜重圆，夫妻再合。”说罢相对而泣。

这是绍兴元年冬十二月内的说话。到绍兴二年春正月，韩公将建州城攻破，范汝为情急，放火自焚而死。韩公竖黄旗招安余党，只有范氏一门不赦。范氏宗族一半死于乱军之中，一半被大军擒获，献俘临安。顺哥见势头不好，料道希周必死，慌忙奔入一间荒屋中，解下罗帕自缢。正是：

宁为短命全贞鬼，不作偷生失节人。

也是阳寿未终，恰好都提辖吕忠翊领兵过去，见破屋中有人自缢，急唤军校解下。近前观之，正是女儿顺哥。那顺哥死去重苏，半晌方能言语，父子重逢，且悲且喜。顺哥将贼兵掳劫，及范希周救取成亲之事，述了一遍。吕提辖嘿然无语。

却说韩元帅平了建州，安民已定，同吕提辖回临安面君奏凯。天子论功升赏，自不必说。一日，吕公与夫人商议，女儿青年无偶，终是不了之事，两口双双的来劝女儿改嫁。顺哥述与丈夫交誓之言，坚意不肯。吕公骂道："好人家儿女，嫁了反贼，一时无奈。天幸死了，出脱了你，你还想他怎么？"顺哥含泪而告道："范家郎君，本是读书君子。为族人所逼，实非得已。他虽在贼中，每行方便，不做伤天理的事。倘若天公有眼，此人必脱虎口。大海浮萍，或有相逢之日。孩儿如今情愿奉道在家，侍养二亲，便终身守寡，死而不怨！若必欲孩儿改嫁，不如容孩儿自尽，不失为完节之妇！"吕公见他说出一班道理，也不去逼他了。

光阴似箭，不觉已是绍兴十二年。吕公累官至都统制，领兵在封州镇守。一日，广州守将差指使贺承信捧了公牒，到封州将领司投递。吕公延于厅上，问其地方之事，叙话良久方去。顺哥在后堂帘中窃窥，等吕公入衙，问道："适才赍公牒来的何人？"吕公道："广州指使贺承信也。"顺哥道："奇怪！看他言语行步，好似建州范家郎君。"吕公大笑道："建州城破，凡姓范的都不赦，只有枉死，那有枉活？广州差官自姓贺，又是朝廷命官，并无分毫干惹。这也是你妄想了，侍妾闻知，岂不可笑！"顺哥被父亲抢白了一场，满面羞惭，不敢再说。正是：

只为夫妻情爱重，致令父子语参差。

过了半年，贺承信又有军牒奉差到吕公衙门，顺哥又从帘下窥视，心中怀疑不已，对父亲说道："孩儿今已离尘奉道，岂复有儿女之情？但再三详审广州姓贺的，酷似范郎。父亲何不召至后堂，赐以酒食，从容叩之？范郎小名鳅儿，昔年在围城中情知必败，有'鸳鸯镜'各分一面，以为表记。父亲呼其小名，以此镜试之，必得其真情。"吕公应承了。

次日，贺承信又进衙领回文，吕公延至后堂，置酒相款。饮酒中间，吕公问其乡贯出身。承信言语支吾，似有羞愧之色。吕公道："鳅儿非足下别号乎？老夫已尽知矣，但说无妨也。"承信求吕公屏去左右，即忙下跪，口称"死罪"。吕公用手搀扶道："不须如此。"承信方敢吐胆倾心，告诉道："小将建州人，实姓范，建炎四年，宗人范汝为煽诱饥民，据城为叛，小将陷于贼中，实非得已。后因大军来讨，攻破城池，贼之宗族，尽皆诛戮。小将因平昔好行方便，有人救护，遂改姓名为贺承信，出就招安。绍兴五年，拨在岳少保部下，随征洞庭湖贼杨么。岳家军都是西北人，不习水战。小将南人，幼通水性，能伏水三昼夜，所以有'范鳅儿'之号。岳少保亲选小将为前锋，每战当先，遂平么贼。岳少保荐小将之功，得受军职，累任至广州指使。十年来未曾泄之他人。今既承钧问，不敢隐讳。"吕公又问道："令孺人何姓？是结发还是再娶？"承信道："在贼中时曾获一宦家女，纳之为妻。逾年城破，夫妻各分散逃走，曾相约苟存性命，夫不再娶，妇不再嫁。小将后来到信州，又寻到老母。至今母子相依，止畜一粗婢炊爨，未曾娶妻。"吕公又问道："足下与先孺人相约时，有何为记？”承信道：“有鸳鸯宝镜，合之为一，分之为二，夫妇各留一面。”吕公道：“此镜尚在否？”承信道：“此镜朝夕随身，不忍少离。”吕公道：“可借一观。”承信揭开衣袂，在锦裹肚系带上，解下一个绣囊，囊中藏着宝镜。吕公取观，遂于袖中亦取一镜合之，俨如生成。承信见二镜符合，不觉悲泣失声。吕公感其情义，亦不觉泪下道：“足下所娶，即吾女也。吾女见在衙中。”遂引承信至中堂，与女儿相见，各各大哭。吕公解劝了，且作庆贺筵席。是夜，即留承信于衙门歇宿。过了数日，吕公将回文打发女婿起身，即令女儿相随，到广州任所同居。

后一年，承信任满，将赴临安，又领妻顺哥同过封州，拜别吕公。吕公备下千金妆奁，差官护送承信到临安。自谅前事年远，无人推剥，不可使范氏无后，乃打通状到礼部，复姓不复名，改名不改姓，叫做范承信。后累官至两淮留守，夫妻偕老。其鸳鸯二镜，子孙世传为至宝云。后人评论范鳅儿在逆党中，涅而不淄，好行方便，救了许多人性命，今日死里逃生，夫妻再合，乃阴德积善之报也。有诗为证：

十年分散天边鸟，一旦团圆镜里鸳。
莫道浮萍偶然事，总由阴德感皇天。

老门生三世报恩

买只牛儿学种田，结间茅屋向林泉；
也知老去无多日，且向山中过几年。
为利为官终幻客，能诗能酒总神仙；
世间万物俱增价，老去文章不值钱。

这八句诗，乃是达者之言，末句说“老去文章不值钱”，这一句，还有个评论。大抵功名迟速，莫逃乎命，也有早成，也有晚达。早成者未必有成，晚达者未必不达。不可以年少而自恃，不可以年老而自弃。这老少二字，也在年数上论不得的。譬如甘罗十二岁为丞相，十三岁上就死了，这十二岁之年，就是他发白齿落、背曲腰弯的时候了，后头日子已短，叫不得少年。又如姜太公八十岁还在渭水钓鱼，遇了周文王以后车载之，拜为师尚父。文王崩，武王立，他又秉钺为军师，佐武王伐纣，定了周家八百年基业，封于齐国。又教其子丁公治齐，自己留相周朝，直活到一百二十岁方死。你说八十岁一个老渔翁，谁知日后还有许多事业，日子正长哩！这等看将起来，那八十岁上还是他初束发、刚顶冠、做新郎、应童子试的时候，叫不得老年。世人只知眼前贵贱，那知去后的日长日短？见个少年富贵的奉承不暇，多了几年年纪，蹉跎不遇，就怠慢他，这是短见薄识之辈。譬如农家，也有早谷，也有晚稻，正不知那一种收成得好？不见古人云：

东园桃李花，早发还先萎。
迟迟涧畔松，郁郁含晚翠。

闲话休提，却说国朝正统年间，广西桂林府兴安县有一秀才，复姓鲜于，名同，字大通。八岁时曾举神童，十一岁游庠，超增补廪。论他的才学，便是董仲舒、司马相如也不看在眼里，真个是胸藏万卷，笔扫千军。论他的志气，便像冯京、商辂连中三元，也只算他便袋里东西，真个是足蹑风云，气冲牛斗。何期才高而数奇，志大而命薄！年年科举，岁岁观场，不能得朱衣点额，黄榜标名。到三十岁上，循资该出贡了。他是个有才有志的人，贡途的前程是不屑就的。思量穷秀才家，全亏学中年规这几两廪银，做个读书本钱。若出了学门，少了这项来路，又去坐监，反费盘缠。况且本省比监里又好中，算计不通。偶然在朋友前露了此意，那下首该贡的秀才，就来打话要他让贡，情愿将几十金酬谢。鲜于同又得了这个利息，自以为得计。第一遍是个情，张二遍是个例，人人要贡，个个争先。鲜于同自三十岁上让贡起，一连让了八遍，到四十六岁，兀自沉埋于泮水之中，驰逐于青衿之队。也有人笑他的，也有人怜他的，又有人劝他的。那笑他的他也不睬，怜他的他也不受，只有那劝他的，他就勃然发怒起来道："你劝我就贡，止无过道俺年长，不能个科第了。却不知龙头属于老成，梁皓八十二岁中了状元，也替天下有骨气肯读书的男子争气。俺若情愿小就时，三十岁上就了，肯用力钻刺，少不得做个府佐县正，昧着心田做去，尽可荣身肥家。只是如今是个科目的世界，假如孔夫子不得科第，谁说他胸中才学？若是三家村一个小孩子，粗粗里记得几篇烂旧时文，遇了个盲试官，乱圈乱点，睡梦里偷得个进士到手，一般有人拜门生，称老师，谭天说地，谁敢出个题目，将带纱帽的再考他一考么？不止于此，做官里头还有多少不平处，进士官就是个铜打铁铸的，撒漫做去，没人敢说他不字。科贡官，兢兢业业，捧了卵子过桥，上司还要寻趁他。比及按院复命，参论的但是进士官，凭你叙得极贪极酷，公道看来，拿问也还透头，说到结末，生怕断绝了贪酷种子，道：‘此一臣者，官箴虽玷，但或念初任，或念年青，尚可望其自新，策其末路，姑照浮躁或不及例降调。’不够几年工夫，依旧做起。倘拚得些银子，央要道挽回，不过对调个地方，全然没事。科贡的官一分不是，就当做十分。晦气遇着别人有势有力，没处下手随你清廉贤宰，少不得借重他，替进士顶缸。有这许多不平处，所以不中进士，再做不得官。俺宁可老儒终身，死去到阎王面前高声叫屈，还博个来世出头，岂可屈身小就，终日受人懊恼，吃顺气丸度日！”遂吟诗一首，诗曰：

从来资格困朝绅，只重科名不重人。
楚士凤歌诚恐殆，叶公龙好岂求真。

若还黄榜终无分，宁可青衿老此身。

铁砚磨穿豪杰事，春秋晚遇说平津。

汉时有个平津侯，复姓公孙名弘，五十岁读《春秋》，六十岁对策第一，做到丞相封侯。鲜于同后来六十一岁登第，人以为诗谶。此是后话。

却说鲜于同自吟了这八句诗，其志愈锐。怎奈时运不利，看看五十齐头，“苏秦还是旧苏秦”，不能够改换头面。再过几年，连小考都不利了。每到科举年分，第一个拦场告考的，就是他，讨了多少人的厌贱。到天顺六年，鲜于同五十七岁，鬓发都苍然了，兀自挤在后生家队里，谈文讲艺，娓娓不倦。那些后生见了他，或以为怪物，望而避之；或以为笑具，就而戏之。这都不在话下。

却说兴安县知县，姓蒯，名遇时，表字顺之。浙江台州府仙居县人氏。少年科甲，声价甚高。喜的是谈文讲艺，商古论今。只是有件毛病，爱少贱老，不肯一视同仁。见了后生英俊，加意奖借，若是年长老成的，视为朽物，口呼“先辈”，甚有戏侮之意。其年乡试届期，宗师行文，命县里录科。蒯知县将合县生员考试，弥封阅卷，自恃眼力，从公品第，黑暗里拔了一个第一，心中十分得意。向众秀才面前夸奖道：“本县拔得个首卷，其文大有吴、越中气脉，必然连捷。通县秀才，皆莫能及。”众人拱手听命，却似汉皇筑坛拜将，正不知拜那一个有名的豪杰。比及拆号唱名，只见一人应声而出，从人丛中挤将上来。你道这人如何？

矮又矮，胖又胖，须鬓黑白各一半。破儒巾，欠时样，蓝衫补孔重重绽。你也瞧，我也看，若还冠带像胡判。不枉夸，不枉赞，“先辈”今朝说嘴惯。休羡他，莫自叹，少不得大家做老汉。不须营，不须干，序齿轮流做领案。

那案首不是别人，正是那五十七岁的怪物、笑具，名叫鲜于同。合堂秀才，哄然大笑，都道：“鲜于‘先辈’，又起用了。”连蒯公也自羞得满面通红，顿口无言。一时间看错文字，今日众人属目之地，如何反悔！忍着一肚子气，胡乱将试卷拆完。喜得除了第一名，此下一个个都是少年英俊，还有些嗔中带喜。是日蒯公发放诸生事毕，回衙闷闷不悦。不在话下。

却说鲜于同少年时本是个名士，因淹滞了数年，虽然志不曾灰，却也是：

泽畔屈原吟独苦，洛阳季子面多惭。

今日出其不意，考个案首，也自觉有些兴头。到学道考试，未必爱他文字，亏了县家案首，就搭上一名科举，喜孜孜去赴省试。众朋友都在下处看经书，温后场。只有鲜于同平昔饱学，终日在街坊上游玩。旁人看见，都猜道：“这位老相公，不知是送儿子孙子进场的？事外之人，好不悠闲自在！”若晓得他是科举的秀才，少不得要笑他几声。

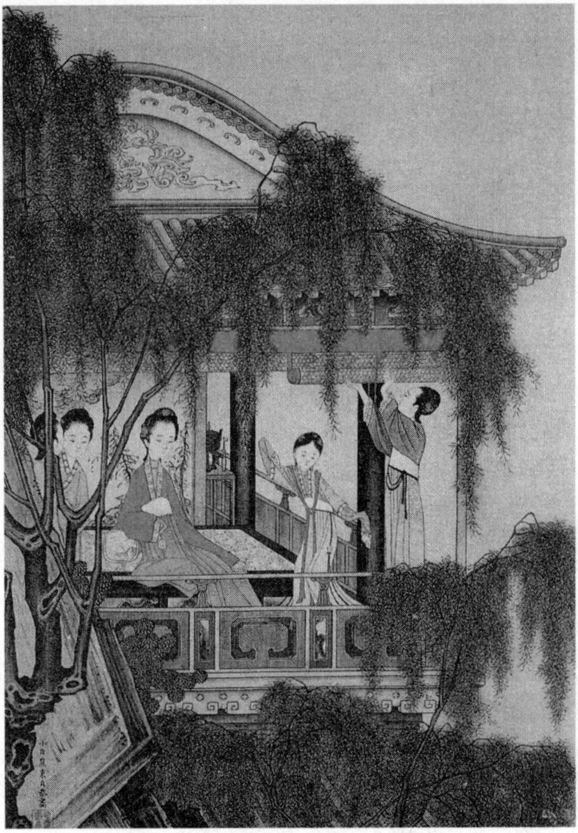

日居月诸，忽然八月初七日。街坊上大吹大擂，迎试官进贡院。鲜于同观看之际，见兴安县蒯公，正征聘做《礼记》房考官。鲜于同自想，我与蒯公同经。他考过我案首，必然爱我的文字，今番遇合，十有八九。谁知蒯公心里不然，他又是一个见识道：“有取个少年门生，他后路悠远，官也多做几年，房师也靠得着他。那些老师宿儒，取之无益。”又道：“我科考时不合昏了眼，错取了鲜于‘先辈’，在众人前老大没趣。今番再取中了他，却不又是一场笑话！我今阅卷，但是三场做得齐整的，多应是夙学之士，年纪长了，不要取他。只拣嫩嫩的口气，乱乱的文法，歪歪的四六，怯怯的策论，愦愦的判语，那定是少年初学。虽然学问未充，养他一两科，年还不长，且脱了鲜于同这件干纪。”算计已定，如法阅卷，取了几个不整不齐，略略有些笔资的，大圈大点，呈上主司。主司都批了“中”字。到八月廿八日，主司同各经房在至公堂上拆号填榜。《礼记》房首卷是桂林府兴安县学生，复姓鲜于，名同，习《礼记》，又是那五十七的怪物、笑具侥幸了。蒯公好生惊异。主司见蒯公有不乐之色，问其缘故。蒯公道：“那鲜于同年纪已老，恐置之魁列，无以压服后生，情愿把一卷换他。”主司指堂上匾额道：“此堂既名为‘至公堂’，岂可以老少而私爱憎乎？自古龙头属于老成，也好把天下读书人的志气鼓舞一番。”遂不肯更换，判定了第五名正魁。蒯公无可奈何。正是：

饶君用尽千般力，命里安排动不得。
本心拣取少年郎，依旧取将老怪物。

蒯公立心不要中鲜于“先辈”，故此只拣不整齐的文字才中。那鲜于同是宿学之士，文字必然整齐，如何反投其机？原来鲜于同为八月初七日看了蒯公入帘，自谓遇合十有八九。回归寓中多吃了几杯生酒，坏了脾胃，破腹起来。勉强进场，一头想文字，一头泄泻，泻得一丝两气，草草完篇。二场三场，仍复如此，十分才学，不曾用得一分出来。自谓万无中式之理，谁知蒯公倒不要整齐文字，以此竟占了个高魁。也是命里否极泰来，颠之倒之，自然凑巧。

那兴安县刚刚只中他一个举人，当日鹿鸣宴罢，众同年序齿，他就居了第一。各房考官见了门生，俱各欢喜，惟蒯公闷闷不悦。鲜于同感蒯公两番知遇之恩，愈加殷勤。蒯公愈加懒散，上京会试，只照常规，全无作兴加厚之意。明年鲜于同五十八岁，会试又下第了。相见蒯公，蒯公更无别语，只劝他选了官罢。鲜于同做了四十余年秀才，不肯做贡生官，今日才中得一年乡试，怎肯就举人职？回家读书，愈觉有兴。每闻里中秀才会文，他就袖了纸墨笔砚，捱入会中同做。凭众人耍他、笑他、嗔他、厌他，总不在意。做完了文字，将众人所作看了一遍，欣然而归，以此为常。

光阴荏苒，不觉转眼三年，又当会试之期。鲜于同时年六十有一，年齿虽增，矍铄如旧。在北京第二遍会试，在寓所得其一梦。梦见中了正魁，会试录上有名，下面却填做《诗经》，不是《礼记》。鲜于同本是个宿学之士，那一经不通？他功名心急，梦中之言，不由不信，就改了《诗经》应试。事有凑巧，物有偶然。蒯知县为官清正，行取到京，钦授礼科给事中之职。其年又进会试经房。蒯公不知鲜于同改经之事，心中想道："我两遍错了主意，取了那鲜于'先辈'做了首卷，今番会试，他年纪一发长了。若《礼记》房里又中了他，这才是终身之玷。我如今不要看《礼记》，改看了《诗经》卷子，那鲜于'先辈'中与不中，都不干我事。"比及入帘阅卷，遂请看《诗》五房卷。蒯公又想道："天下举子像鲜于'先辈'的，谅也非止一人，我不中鲜于同，又中了别的老儿，可不是'躲了雷公，遇了霹雳'！我晓得了，但凡老师宿儒，经旨必然十分透彻，后生家专工四书，经义必然不精。如今到不要取四经整齐，但是有些笔资的，不妨题旨影响，这定是少年之辈了。"阅卷进呈，等到揭晓，《诗》

五房头卷，列在第十名正魁。拆号看时，却是桂林府兴安县学生，复姓鲜于，名同，习《诗经》，刚刚又是那六十一岁的怪物、笑具！气得蒯遇时目睁口呆，如槁木死灰模样。

早知富贵生成定，悔却从前枉用心。

蒯公又想道："论起世上同名同姓的尽多，只是桂林府兴安县却没有两个鲜于同，但他向来是《礼记》，不知何故又改了《诗经》，好生奇怪？"候其来谒，叩其改经之故。鲜于同将梦中所见，说了一遍。蒯公叹息连声道："真命进士，真命进士！"自此蒯公与鲜于同师生之谊，比前反觉厚了一分。殿试过了，鲜于同考在二甲头上，得选刑部主事。人道他晚年一第，又居冷局，替他气闷，他欣然自如。

却说蒯遇时在礼科衙门直言敢谏，因奏疏里面触突了大学士刘吉，被吉寻他罪过，下于诏狱。那时刑部官员，一个个奉承刘吉，欲将蒯公置之死地。却好天与其便，鲜于同在本部一力周旋看觑，所以蒯公不致吃亏。又替他纠合同年，在各衙门恳求方便，蒯公遂得从轻降处。蒯公自想道："'着意种花花不活，无心栽柳柳成阴。'若不中得这个老门生，今日性命也难保。"乃往鲜于"先辈"寓所拜谢。鲜于同道："门生受恩师三番知遇，今日小小效劳，止可少答科举而已，天高地厚，未酬万一！"当日师生二人欢饮而别。自此不论蒯公在家在任，每年必遣人问候，或一次，或两次，虽俸金微薄，表情而已。

光阴荏苒，鲜于同只在部中迁转，不觉六年，应升知府。京中重他才品，敬他老成，吏部立心要寻个缺推他。鲜于同全不在意。偶然仙居县有信至，蒯公的公子蒯敬共，与豪户查家争坟地疆界，嚷骂了一场。查家走失了个小厮，赖蒯公子打死，将人命事告官。蒯敬共无力对理，一径逃往云南父亲任所去了。官府疑蒯公子逃匿，人命真情，差人雪片下来提人，家属也监了几个，阖门惊惧。鲜于同查得台州正缺知府，乃央人讨这地方。吏部知台州原非美缺，既然自己情愿，有何不从，即将鲜于同推升台州府知府。鲜于同到任三日，豪家已知新太守是蒯公门生，特讨此缺而来，替他解纷，必有偏向之情。先在衙门谣言放刁，鲜于同只推不闻。蒯家家属诉冤，鲜于同亦佯为不理。密差的当捕人访缉查家小厮，务在必获。约过两月有余，那小厮在杭州拿到。鲜于太守当堂审明，的系自逃，与蒯家无干。当将小厮责取查家领状，蒯氏家属即行释放。期会一日，亲往坟所踏看疆界。查家见小厮已出，自知所讼理虚，恐结讼之日必然吃亏。一面央大分上到太守处说方便；一面又央人到蒯家，情愿把坟界相让讲和。蒯家事已得白，也不愿结冤家。鲜于太守准了和息，将查家薄加罚治，申详上司，两家莫不心服。正是：

只愁堂上无明镜，不怕民间有鬼奸。

鲜于太守乃写书信一通，差人往云南府回复房师蒯公。蒯公大喜，想道：“‘树荆棘得刺，树桃李得荫’，若不曾中得这个老门生，今日身家也难保。”遂写恳切谢启一通，遣儿子蒯敬共赍回，到府拜谢。鲜于同道：“下官暮年淹蹇，为世所弃，受尊公老师三番知遇，得掇科目，常恐身先沟壑，大德不报。今日恩兄被诬，理当暴白。下官因风吹火，小效区区，止可少酬老师乡试提拔之德，尚欠情多多也。”因为蒯公子经纪家事，劝他闭户读书。自此无话。

鲜于同在台州做了三年知府，声名大振，升在徽宁道做兵宪，累升河南廉使，勤于官职。年至八旬，精力比少年兀自有余，推升了浙江巡抚。鲜于同想道：“我六十一岁登第，且喜儒途淹蹇，仕途到顺溜，并不曾有风波。今官至抚台，恩荣极矣。一向清勤自矢，不负朝廷。今日急流勇通，理之当然。但受蒯公三番知遇之恩，报之未尽，此任正在房师地方，或可少效涓埃。”乃择日起程赴任。一路迎送荣耀，自不必说。

不一日，到了浙江省城。此时蒯公也历任做到大参地位，因病目不能理事，致政在家。闻得鲜于“先辈”又做本省开府，乃领了十二岁孙儿，亲到杭州谒见。蒯公虽是房师，到小于鲜于公二十余岁。今日蒯公致政在家，又有了目疾，龙钟可怜。鲜于公年已八旬，健如壮年，位至开府。可见发达不在于迟早。蒯公叹息了许多。正是：

松柏何须羡桃李，请君点检岁寒枝。

且说鲜于同到任以后，正拟遣人问候蒯公，闻说蒯参政到门，喜不自胜，倒屣而迎，直请到私宅，以师生礼相见。蒯公唤十二岁孙儿：“见了老公祖。”鲜于公问：“此位是老师何人？”蒯公道：“老夫受公祖活命之恩，犬子昔日难中，又蒙昭雪，此恩直如覆载。今天幸福星又照吾省。老夫衰病，不久于世，犬子读书无成；只有此孙，名曰蒯悟，资性颇敏，特携来相托，求老公祖青目一二！”鲜于公道：“门生年齿，已非仕途人物，正为师恩酬报未尽，所以强颜而来。今日承老师以令孙相托，此乃门生报德之会也。鄙意欲留令孙在敝衙，同小孙辈课业，未审老师放心否？”蒯公道：“若蒙老公祖教训，老夫死亦瞑目。”遂留两个书童服事蒯悟，在都抚衙内读书，蒯公自别去了。

那蒯悟资性过人，文章日进。就是年之秋，学道按临，鲜于公为荐神童，进学补廪。依旧留在衙门中勤学。三年之后，学业已成。鲜于公道："此子可取科第，我亦可以报老师之恩矣！"乃将俸银三百两赠与蒯悟为笔砚之资，亲送到台州仙居县。

适值蒯公三日前，一病身亡，鲜于公哭奠已毕。问："老师临终亦有何言？"蒯敬共道："先父遗言，自己不幸少年登第，因而爱少贱老，偶尔暗中摸索，得了老公祖大人。后来许多年少的门生，贤愚不等，升沉不一，俱不得其气力，全亏了老公祖大人一人，始终看觑。我子孙世世不可怠慢老成之士！"鲜于公呵呵大笑道："下官今日三报师恩，正要天下人晓得扶持了老成人也有用处，不可爱少而贱老也！"说罢，作别回省，草上表章，告老致仕。得旨预告，驰驿还乡，优悠林下。每日训课儿孙之暇，同里中父老饮酒赋诗。后八年，长孙鲜于涵乡榜高魁，赴京会试，恰好仙居县蒯悟是年中举，也到京中。两人三世通家，又是少年同窗，并在一寓读书。比及会试揭晓，同年进士，两家互相称贺。

鲜于同自五十七岁登科，六十一岁登甲，历仕二十三年。腰金衣紫，锡恩三代。告老回家，又看了孙儿科第，直活到九十七岁，整整的四十年晚运。至今浙江人肯读书，不到六七十岁还不丢手，往往有晚达者。后人有诗叹云：

利名何必苦奔忙，迟早须臾在上苍。
但学蟠桃能结果，三千余岁未为长。

醒世恒言

小水湾天狐诒书

蠢动含灵俱一性，化胎湿卵命相关。
得人济利休忘却，雀也知恩报玉环。

这四句诗，单说汉时有一秀才，姓杨名宝，华阴人氏。年方弱冠，天资颖异，学问过人。一日，正值重阳佳节，往郊外游玩。因行倦，坐于林中歇息。但见树木蓊郁，百鸟嘤鸣，甚是可爱。忽闻扑碌的一声，堕下一只鸟来，不歪不斜，正落在杨宝面前。口内吱吱的叫，却飞不起，在地上乱扑。杨宝道："却不作怪！这鸟为何如此？"向前拾起看时，乃是一只黄雀，不知被何人打伤，叫得好生哀楚。杨宝心中不忍，乃道："将回去喂养好了放罢。"正看间，见一少年，手执弹弓，从背后走过来道："秀才，这黄雀是我打下的，望乞见还。"杨宝道："还亦易事。但禽鸟与人体质虽异，生命

则一，安忍戕害。况杀百命，不足供君一膳，鬻万鸟不能致君之富，奚不别为生业？我今愿赎此雀之命。”便去身边取出钱钞来。少年道：“某非为口腹利物，不过游戏试技耳。既秀才要此雀，即便相送．”杨宝道：“君欲取乐，禽鸟何辜！”少年谢道：“某知过矣！”遂投弓而去。

杨宝将雀回家，放于巾箱中，日采黄花蕊饲之，渐渐羽翼长换。育至百日，便能飞翔。时去时来，杨宝十分珍重。忽一日，去而不回。杨宝心中正在气闷，只见一个童子单眉细眼，身穿黄衣，走入其家，望杨宝便拜。杨宝急忙扶起。童子将出玉环一双，递与杨宝道：“蒙君救命之恩，无以为报，聊以微物相奉。掌此当累世为三公。”杨宝道：“与卿素昧平生，何得有救命之说？”童子笑道：“君忘之耶？某即林中被弹，君巾箱中饲黄花蕊之人也！”言讫，化为黄雀而去。后来杨宝生子震，明帝朝为太尉；震子秉，和帝朝为太尉；秉子赐，安帝朝为司徒；赐子彪，灵帝朝为司徒。果然世世三公，德业相继。有诗为证：

黄花饲雀非图报，一片慈悲利物心。
累世簪缨看盛美，始知仁义值千金。

话说那黄雀衔环的故事，人人晓得，何必费讲！看官们不知，只为在下今日要说个少年，也因弹了个异类上起，不能如弹雀的恁般悔悟，干把个老大家事，弄得七颠八倒，做了一场话柄。故把衔环之事，做个得胜头回。劝列位须学杨宝这等好善行仁，莫效那少年招灾惹祸。正是：

得闭口时须闭口，得放手时须放手。
若能放手和闭口，百岁安宁有八九。

话说唐玄宗时，有一少年，姓王，名臣，长安人氏。略知书史，粗通文墨，好饮酒，善击剑，走马挟弹，尤其所长。从幼丧父，惟母在堂，娶妻于氏。同胞兄弟王宰，膂力过人，武艺出众，充羽林亲卫，未有妻室。家颇富饶，童仆多人，一家正安居乐业。不想安禄山兵乱，潼关失守，天子西幸，王宰随驾扈从。王臣料道立身不住，弃下房产，收拾细软，引母妻婢仆，避难江南，遂家于杭州，地名小水湾，置买田产，经营过日。后来闻得京城克复，道路宁静，王臣思想要往都下寻访亲知，整理旧业，为归乡之计。告知母亲，即日收拾行囊，止带一个家人，唤做王福，别了母妻，由水路直至扬州码头上。

那扬州隋时谓之江都，是江淮要冲，南北襟喉之地，往来樯橹如麻，岸上居民稠密，做买做卖的挨挤不开，真好个繁华去处。当下王臣舍舟登陆，雇请脚力，打扮做军官模样，一路游山玩水，夜宿晓行。不则一日，来至一所在，地名樊川，乃汉时樊哙所封食邑之处。这地方离都城已不多远。因经兵火之后，村野百姓，俱潜避远方，一路绝无人烟，行人亦甚稀少。但见：

冈峦围绕，树木阴翳。危峰秀拔插青霄，峻巅崔嵬横碧汉。斜飞瀑布，喷万丈银涛；倒挂藤萝，飏千条锦带。云山漠漠、鸟道逶迤行客少；烟林霭霭，荒村寥落土人稀。山花多艳如含笑，野鸟无名只乱啼。

王臣贪看山林景致，缓辔而行，不觉天色渐晚。听见茂林中，似有人声。近前看时，原来不是人，却是两个野狐，靠在一株古树上，手执一册文书，指点商榷，若有所得，相对谈笑。王臣道：“这孽畜作怪！不知看的是什么书？且教他吃我一弹。”按住丝缰，绰起那水磨角靶弹弓，探手向袋中，摸出弹子放上，觑得较亲，弓开如满月，弹去似飞星，叫声“着”！那二狐正在得意之时，不知林外有人窥看。听得弓弦响，方才抬头观看，那弹早已飞到，不偏不斜，正中执书这狐左目。弃下书，失声嗥叫，负痛而逃。那一个狐，却待就地去拾，被王臣也是一弹，打中左腮，放下四足，嗥叫逃命。王臣纵马向前，教王福拾起那书来看，都是蝌蚪之文，一字不识。心中想道："不知是甚言语在上？把去慢慢访博古者问之。"遂藏在袖里，拨马出林，循大道望都城而来。

那时安禄山虽死，其子安庆绪犹强，贼将史思明降而复叛，藩镇又各拥重兵，俱蓄不臣之念。恐有奸细至京探听，故此门禁十分严紧，出入盘诘，刚到晚，城门就闭。王臣抵城下时，已是黄昏时候。见城门已扃，即投旅店安歇。到店门口，下马入来。主人家见他悬弓佩剑，军官打扮，不敢怠慢，上前相迎道："长官请坐。"便令小二点杯茶儿递上。王福将行李卸下，驮进店中。王臣道："主人家，有稳便房儿，开一间与我。"答道："舍下客房尽多，长官，只拣中意的住便了。"即点个灯火，引王臣往各房看过．择了一间洁净所在，将行李放下，把牲口牵入后边喂料。收拾停当，小二进来问道："告长官，可吃酒么？"王臣道："有好酒打两角，牛肉切一盘。伴当们照依如此。"小二答应出去。王臣把房门带转，也走到外边，小二捧着酒肉问道："长官，酒还送到房里去饮，或就在此间？"王臣道："就在此罢。"小二将酒摆在一副座头上，王臣坐下。王福在旁斟酒。吃过两三杯，主人家上前问道："长官从那镇到此？"王臣道："在下从江南来。"主人家道："长官语音，不像江南人物。"王臣道："实不相瞒，在下原是京师人氏，因安禄山作乱，车驾幸蜀，在下挈家避难江南。今知贼党平复，天子返都，先来整理旧业，然后迎接家小归乡。因恐路途不好行走，故此军官打扮。”主人家道：“原来是自家人！老汉一向也避在乡村，到此不上一年哩。”彼此因是乡人，分外亲热，各诉流离之苦。正是：

江山风景依然是，城郭人民半已非。

两下正说得热闹，忽听得背后有人叫道：“主人家，有空房宿歇么？”主人家答应道：“房头还有，不知客官有几位安歇？”答道：“只有我一人。”主人家见是个单身，又没包裹，乃道：“若止你一人，不敢相留。”那人怒道：“难道赖了你房钱，不肯留我？”主人家道：“客官，不是这般说。只因郭令公留守京师，颁榜远近旅店，不许容留面生歹人。如隐匿藏留者，查出重治，况今史思明又乱，愈加紧急。今客官又无包裹，又不相认，故不好留得。”那人答道：“原来你不认得我，我就是郭令公家丁胡二，因有事往樊川去了转回，赶进城不及，借你店里歇一宵，故此没有包裹。你若疑惑，明早同到城门上去，问那管门的，谁个不认得我！”这主人家被他把大帽儿一磕，便信以为真，乃道：“老汉一时不晓得是郭爷长官，莫怪，请里边房里去坐。”又道：“且慢著。我肚里饿了，有酒饭讨些来吃了，进房不迟。”又道：“我是吃斋，止用素酒。”走过来，向王臣桌上对面坐下。小二将酒菜放下。

王臣举目看时，只他把一只袖子遮著左眼，似觉疼痛难忍之状。那人开言道：“主人家，我今日造化低，遇著两个毛团，跌坏了眼。”主人家道：“遇著甚么？”答道：“从樊川回来，见树林中两个野狐打滚啸叫，我赶上前要去拿他，不想绊上一交，狐又走了，反在地上磕损眼睛。”主人家道：“怪道长官把袖遮著眼儿。”王臣接口道：“我今日在樊川过，也遇著两个野狐。”那人忙问道：“可曾拿到么？”王臣道：“他在林中把册书儿观看，被我一弹，打了执书这狐左眼，遂弃书而逃。那一个方待去拾，又被我一弹，打在左腮，也亡命而走，故此只取得这册书，没有拿到。”那人和主人家都道：“野狐会看书，这也是奇事！”那人又道：“那书上都是甚么事体？借求一观。”王臣道：“都是异样篆书，一字也看他不出。”放下酒杯，便向袖中去摸那册书出来。说时迟，那时快，手还未到袖里时，不想主人家一个孙儿，年才五六岁，正走出来。小厮家眼净，望见那人是个野狐，却叫不出名色，奔向前指住道：“老爹！怎么这个大野猫坐在此？还不赶他！”王臣听了，便省悟是打坏眼的这狐，急忙拔剑，照顶门就砍。那狐望后一躲，就地下打个滚，露出本相，往外乱跑。

王臣仗剑追赶了十数家门面，向个墙里跳进。王臣因黑夜之间，无门寻觅，只得回转。主人家点个灯火，同着王福一齐来迎着道：“饶他性命罢！”王臣道：“若不是令孙看破，几乎被这孽畜赚了书去。”主人家道：“这毛团也奸巧哩！只怕还要生计来取。”王臣道：“今后有人把野狐事来诱我的，定然是这孽畜，便挥他一剑。”一头说，已到店里。店左店右住宿的客商闻得，当做一件异事，都走出来讯问，到拌得口苦舌干。

王臣吃了夜饭，到房中安息。因想野狐忍痛来掇赚这册书，必定有些妙处，愈加珍秘。至三更时分，外边一片声打门叫道：

“快把书还了我，寻些好事酬你。若不还时，后来有些事故，莫要懊悔！”王臣听得，气忿不过，披衣起身，拔剑在手，又恐惊动众人，悄悄的步出房来，去摸那大门时，主人家已自下了锁。心中想道：“便叫起主人开门出去，那毛团已自走了，砍他不着，空惹众人憎厌，不如别着鸟气，来朝却又理会。”王臣依先进房睡了。那狐喊了多时方去，合店的人，尽皆听得。到次早，齐劝王臣道：“这书既看不出字，留之何益，不如还他去罢！倘真个生出事来，懊悔何及！”王臣若是个见机的，听了众人言语，把那册书掷还狐精，却也罢了。只因他是个倔强汉子，不依众人说话，后来被那狐精把个家业弄得七零八落。正是：

不听好人言，必有凄惶泪。

当下王臣吃了早饭，算还房钱，收拾行李，上马进城。一路观看，只见屋宇残毁，人烟稀少，街市冷落，大非昔日光景。来到旧居地面看时，惟存一片瓦砾之场。王臣见了，不胜凄惨。无处居住，只得寻个寓所安顿了行李，然后去访亲族，却也存不多几家。相见之间，各诉向来踪迹。说到那伤心之处，不觉扑簌簌泪珠抛洒。王臣又言：“今欲归乡，不想屋宇俱已荡尽，没个住身之处。”亲戚道：“自兵乱已来，不知多少人家，父南子北，被掳被杀，受无限惨祸。就是我们，一个个都从刀尖上脱过来的，非容易得有今日。像你家太平无事，止去了住宅，已是无量之福了。况兼你的田产，亏我们照管，依然俱在。若有念归乡，整理起来，还可成个富家。”王臣谢了众人，遂买了一所房屋，制备日用家伙物件，将田园逐一经理停妥。

约过两月，王臣正走出门，只见一人从东而来，满身穿着麻衣，肩上背个包裹，行履如飞，渐渐至近。王臣举目观看，吃了一惊。这人不是别个，乃是家人王留儿。王臣急呼道：“王留儿，你从那里来？却这般打扮？”王留儿见叫，乃道：“原来官人住在这里，教我寻得个发昏！”王臣道：“你且说为何恁般妆束？”王留儿道：“有书在此，官人看就知道。”至里边放下包裹，打开取出书信，递与家主。王臣接来拆开看时，却是母亲手笔。上写道：

从汝别后，即闻史思明复乱，日夕忧虑，遂沾重疾，医祷无效，旦夕必登鬼籍矣。年逾六秩，已不为夭。第恨衰年，值此乱离，客死远乡，又不得汝兄弟送我之终，深为痛心耳。但吾本家秦，不愿葬于外地。而又虑贼势方炽，恐京城复如前番不守，又不可居。终夜思之，莫若尽弃都下破残之业，以资丧事。迎吾骨入土之后，原返江东。此地田土丰阜，风俗醇厚，况昔开创甚难，决不可轻废。俟干戈宁静，徐图归乡可也。倘违吾言，自罹罗网，颠覆宗祀，虽及泉下，誓不相见。汝其志之。

王臣看毕，哭倒在地道："指望至此重整家业，复归故乡，不想母亲反为我而忧死。早知如此，便不来得也罢。悔之何及！"哭了一回，又问王留儿道："母亲临终，可还有别话？"王留儿道："并无别话，止叮嘱说，此处产业向已荒废，总然恢复，今史思明作反，京城必定有变，断不可守。教官人作速一切处置，备办丧葬之事，迎柩葬后，原往杭州避乱。若不遵依，死不瞑目。"王臣道："母亲遗命，岂敢违逆！况江东真似可居，长安战争未息，弃之甚为有理。"急忙制办缞裳，摆设灵座，一面差人往坟上收拾，一面央人将田宅变卖。王留儿住了两日，对王臣道："官人修筑坟墓起来，尚有整月淹迟，家中必然悬望。等小人先回，以安其心。"王臣道："此言正合我意。"即便写下家书，取出盘缠，打发他先回。王留儿临出门，又道："小人虽去，官人也须作速处置快回。"王臣道："我恨不得这时就飞到家，何消叮嘱！"王留儿出门，洋洋而去。

且说王臣这些亲戚晓得，都来吊唁，劝他不该把田产轻废。王臣因是母命，执意不听众人言语，心忙意急，上好田产，都只卖得个半价。盘桓二十余日，坟上开土筑穴，诸事色色俱已停妥，然后打叠行装，带领仆从离了长安，星夜望江东赶来，迎灵车安葬。可怜：

仗剑长安悔浪游，归心一片永东流。
北堂空作斑衣梦，泪洒白云天尽头。

话分两头。且说王臣母、妻在家，真个闻得史思明又反，日夜忧虑王臣，懊悔放他出门。过了两三月，一日，忽见家人来报，王福从京师赍信回了。姑媳闻言，即教唤进。王福上前叩头，将书递上。却见王福左眼损坏，无暇详问，将书拆开观看。上写道：

自离膝下，一路托庇粗安。至都查核旧业，幸得一毫不废，已经理如昔矣。更喜得遇故知胡八判官，引至元丞相门下，颇蒙青盼扶持，一官幽蓟，诰身已领，限期甚迫。特遣王福迎母同之任所。书至，即将江东田产尽货，火速入京。勿计微值，有误任期。相见在迩，书不多赘。男臣百拜。

姑媳看罢书中之意，不胜欢喜，方问道："王福，为甚损了一目？"王福道："不要说起！在牲口上打瞌睡，不想跌下来，磕损了这眼。"又问："京师近来光景，比旧日何如？亲戚们可都在么？"王福道："满城残毁过半，与前大不相同了。亲戚们杀的杀，掳的掳，逃的逃，总来存不多几家。尚还有

抢去家私的，烧坏屋宇的，占去田产的。惟有我家田园屋宅，一毫不动。”姑媳闻说，愈加欢悦。乃道：“家业又不曾废，却又得了官职，此皆天地祖宗保佑之力，感谢不尽！到临起身，须做场好事报答。再祈此去前程远大，福禄永长。”又问道：“那胡八判官是谁？”王福道：“这是官人的故交。”王妈妈道：“向来从不见说起有姓胡做官的来往。”媳妇道：“或者近日相交的，也未可知。”王福接口道：“正是近日相识的。”当下问了一回，王妈妈道：“王福，你路上辛苦了，且去吃些酒饭，歇息则个。”到了次日，王福说道：“奶奶这里收拾起来，也得好几日。官人在京，却又无人服侍。待小人先去回覆，打叠停当。候奶奶一到，即便起身往任，何如？”王妈妈道：“此言甚是有理。”写起书信，付些盘缠银两，打发先行。王福去后，王妈妈将一应田地宇舍，什物器皿，尽行变卖，只留细软东西。因恐误了儿子任期，不择善价，半送与人。又延请僧人做了一场好事，然后雇下一只官船，择日起程。有几个平日相往的邻家女眷，俱来相送，登舟而别。离了杭州，由嘉禾、苏州、常润州一路，出了大江，望前进发。那些奴仆，因家主得了官，一个个手舞足蹈，好不兴头！

避乱南驰实可哀，谁知富贵逼人来。

举家手额欢声沸，指日长安昼锦回。

且说王臣自离都下，兼程而进。不则一日，已到扬州码头上。把行李搬在客店上，打发牲口去了。吃了饭，教王福向河下雇觅船只。自己坐在客店门首，守着行囊，观看往来船只。只见一只官船溯流而上，船头站着四五个人，喜笑歌唱，甚是得意。渐渐至近。打一看时，不是别人，都是自己家人。王臣心中惊异道："他们不在家中服役，如何却在这只官船上？"又想道："想必母亲亡后，又归他人了。"正疑讶间，舱门帘儿启处，一个女子舒头而望。王臣仔细观看，又是房中侍婢。连称"奇怪！"刚欲询问，那船上家人却也看见，齐道："官人如何也在这里？却又恁般服色？"忙教艄子拢船。早惊动舱中王妈妈姑媳，掀帘观看。王臣望见母亲尚在，急将麻衣脱下，打开包裹，换了衣服巾帻。船上家人登岸相迎，王臣教将行李齐搬下船，自己上船来见母亲。一眼觑着王留儿在船头上，不问情由，揪住便打。王妈妈走出说道："他又无罪过，如何把他来打？”王臣见母亲出来，放手上前拜道：“都是这狗才，将母亲书信至京，误传凶信，陷儿于不孝！”姑娘俱惊讶道：“他日日在家，何尝有书差到京中！”王臣道：“一月前，赍母亲书来，书中写得如此如此，这般这般。住了两日，遣他先回，安慰家中。然后将田产处置了，星夜赶来，怎说不曾到京？”合家大惊道：“有这等异事！那里一般又有个王留儿？”连王留儿到笑起来，道：“莫说小人到京，就是这个梦也不曾做。”王妈妈道：“你且取书来看，可像我的字迹？”王臣道：“不像母亲字迹，我如何肯信？”便打开行李，取出书来看时，乃是一幅素纸，那有一个字影。把王臣惊得目睁口呆，只管将这纸来翻看。王妈妈道：“书在那里？把来我看。”王臣道：“却不作怪！书上写着许多言语，如何竟变做一幅白纸？”王妈妈不信道：“焉有此理？自从你出门之后，并无书信往来。直至前日，你差王福将书接我，方有一信，令他先来覆你。如何有个假王留儿将假书哄你？如今却又说变了白纸，这是那里学来这些鬼话！”

王臣听说王福曾回家这话，也甚惊骇，乃道：“王福在京，与儿一齐起身到此，几曾教他将书来接母亲？”姑媳都道：“呀！这话愈加说得混帐了！一月前王福送书到家，书上说都中产业俱在，又遇什么胡八判官，引在元丞相门下，得了官职，教将江东田宅，尽皆卖了，火速入京，同往任上。故此弃了家业，雇请船只入京。怎说王福没有回来？”王臣大惊道：“这事一发奇怪！何曾有甚胡八判官引到元丞相门下，选甚官职，有书迎接母亲？”王妈妈道：“难道王福也是假的？快叫来问。”

王臣道："他去唤船了，少刻就来。"众家人都到船头上一望，只见王福远远跑来，却也穿着凶服。众人把手乱招，王福认得是自家人，也道诧异，说："他们如何都在这里？"走近船边，众人看时，与前日的王福不同了。前日左目已是损坏，如今这王福两只大眼，滴溜溜，恰如铜铃一般。众人齐问道："王福，你前日回家，眼已瞎了，如今怎又好好地？"王福向众人喷一口涎沫道："啐！你们的眼便瞎了。我何曾回家？却又咒我眼瞎！"众人笑道："这事真个有些古怪。奶奶在舱中唤你，且除下身上麻衣，快去相见。"王福见说，呆了一呆道："奶奶还在？"众人道："那里去了，不在？"王福不信，也不脱麻衣，径撞入舱来。王臣看见，喝道："这狗才，奶奶在这里，还不换了衣服来见。"王福慌忙退出船头脱下，进舱叩头。王妈妈擦磨老眼，仔细一看，连称："怪哉！怪哉！前日王福回家，左目已损，今却又无恙。料然前日不是他了。"急去开出那封书来看时，也是一张白纸，并无一点墨迹。那时合家惶惑，正不知假王留儿、王福是甚变的？又不知有何缘故，却哄骗两头把家业破毁？还恐后来尚有变故，惊疑不定。

王臣沉思凝想了半日，忽想到假王福左眼是瞎的，恍然而悟，乃道："是了！是了！原来却是这孽畜变来弄我。"王妈妈急问是甚东西。王臣乃将樊川打狐得书，客店变人诒骗，和夜间打门之事说出。又道："当时我只道这孽畜不过变人来骗此书，到不提防他有恁般贼智！"众人闻言，尽皆摇首咋舌道："这妖狐却也奸狡利害哩！隔着几多路，却会仿着字迹人形，把两边人都弄得如耍戏一般。早知如此，把那书还了他去也罢！"

王臣道："叵耐这孽畜无礼！如今越发不该还他了！若再缠帐，把那祸种头一火而焚之。"于氏道："事已如此，莫要闲讲了，且商量正务。如今住在这里，不上不下，还是怎生计较？"王臣道："京中产业俱已卖尽，去也没个着落，况兼途路又远，不如且归江东。"王妈妈道："江东田宅也一毫无存，却住在何处？"王臣道："权赁一所住下，再作区处。"当下拨转船头，原望江东而回。那些家人起初像火一般热，到此时化做冰一般冷，犹如断线偶戏，手足撣软，连话都无了。正是乘兴而来，败兴而返。到了杭州，王臣同家人先上岸，在旧居左近赁了一所房屋，制办日用家伙，各色停当，然后发起行李，迎母妻进屋。计点囊橐，十无其半，又恼又气。门也不出，在家纳闷。这些邻家见王妈妈去而复回，齐来询问。王臣道知其详，众人俱以为异事，互相传说，遂嚷遍了半个杭城。

一日，王臣正在堂中，督率家人收拾，只见外边一人走将入来，威仪济楚，服饰整齐。怎见得？但见：

头戴一顶黑纱唐巾，身穿一领绿罗道袍，碧玉环正缀巾边，紫丝绦横围袍上，袜似两堆白雪，舄如二朵红云。堂堂相貌，生成出世之姿；落落襟怀，养就凌云之气。若非天上神仙，定是人间官宰。

那人走入堂中，王臣仔细打一看时，不是别人，正是同胞兄弟王宰。当下王宰向前作揖道："大哥别来无恙！"王臣还了个礼，乃道："贤弟，亏你寻到这里！"王宰道："兄弟到京回旧居时，见已化为白地。只道罹于兵火，甚是悲痛。即去访问亲故，方知合家向已避难江东。近日大哥至京，整理旧业，因得母亲凶问，刚始离京。兄弟闻了这信，遂星夜赶来。适才访到旧居，邻家说新迁于此。母亲却也无恙，故此又到舟中换了衣服才来。母亲如今在那里？为何反迁在这等破屋里边？”王臣道：“一言难尽！待见过了母亲，与你细说。”引入后边，早有家人报知王妈妈。王妈妈闻得次儿归家，好生欢喜。即忙出来，恰好遇见，王宰倒身下拜，拜毕起身。王妈妈道：“儿！我日夜挂心，一向好么？”王宰道：“多谢母亲记念！待儿见过了嫂嫂，少停细细说与母亲知道。”当下王臣浑家并一家婢仆，都来见过。

王宰扯王臣往外就走，王妈妈也随出来，至堂中坐下。问道：“大哥，你且先说，因甚弄得恁般模样？”王臣乃将樊川打狐起，直至两边掇赚，变卖产业，前后事细说一过。王宰听了道：“元来有这个缘故，以致如此！这却是你自取，非干野狐之罪。那狐自在林中看书，你是官道行路，两不妨碍，如何却去打他，又夺其书？及至客店中，他忍着疼痛，来赚你书，想是万不得已而然。你不还他罢了，怎地又起恶念，拔剑斩逐？及至夜间好言苦求，你又执意不肯。况且不识这字，终于无用，要他则甚！今反吃他捉弄得这般光景，都是自取其祸。”王妈妈道：“我也是这般说。要他何用，如今反受其累！”

王臣被兄弟数落一番，默然不语，心下好不耐烦。王宰道：“这书有几多大？还是什么字体？”王臣道：“薄薄的一册，也不知什么字体，一字也识不出！”王宰道：“你且把我看看。”

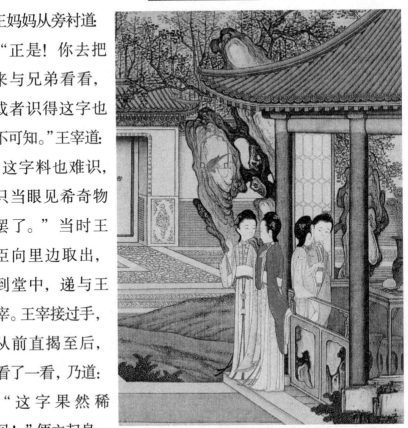

王妈妈从旁衬道："正是！你去把来与兄弟看看，或者识得这字也不可知。"王宰道："这字料也难识，只当眼见希奇物罢了。"当时王臣向里边取出，到堂中，递与王宰。王宰接过手，从前直揭至后，看了一看，乃道："这字果然稀见！"便立起身，走在堂中，向王臣道："前日王留儿就是我。今日天书已还，不来缠你了。请放心！"一头说，一头往外就奔。王臣大怒，急赶上前，大喝道："孽畜大胆，那里走！"一把扯住衣裳，走的势发，扯的力猛，只听得聒喇一响，扯下一幅衣裳。那妖狐索性把身一抖，卸下衣服，见出本相，向门外乱跑，风团也似去了。王臣同家人一齐赶到街上，四顾观看，并无踪影。王臣一来被他破荡了人家，二来又被他数落这场，三来不忿得这书，咬牙切齿，东张西望寻觅。只见一个瞎道人，站在对门檐下。王臣问道："可见一个野狐从那里去了？"瞎道人把手指道：

"向东边去了。"王臣同家人急望东而赶。行不上五六家门面，背后瞎道人叫道："王臣，前日王福便是我，令弟也在这里。"众人闻得，复转身来。两个野狐执着书儿在前戏跃，众人奋勇前来追捕。二狐放下四蹄，飞也似去了。王臣刚奔到自己门首，王妈妈叫道："去了这败家祸胎，已是安稳了，又赶他则甚！还不进来？"王臣忍着一肚子气，只得依了母亲，唤转家人进来。逐件检起衣服观看，俱随手而变。你道都是甚东西？

破芭蕉，化为罗服；烂荷叶，变做纱巾；碧玉环，柳枝圈就；紫丝绦，薜萝搓成。罗袜二张白素纸，朱舄两片老松皮。

众人看了，尽皆骇异道："妖狐神通这般广大！二官人不知在何处，却变得恁般厮像？"王臣心中转想转恼，气出一场病来，卧床不起。王妈妈请医调治，自不必说。

过了数日，家人们正在堂中，只见走进一个人来，看时，却是王宰，也是纱巾罗服，与前妖狐一般打扮。众家人只道又是假的，一齐乱喊道："妖狐又来了！"各去寻棍觅棒，拥上前乱打。王宰喝道："这些泼男女，为何这等无礼！还不去报知奶奶！"众人那个采他，一味乱打。王宰止遏不住，惹恼性子，夺过一根棒来，打得众人四分五落，不敢近前，都闪在里边门旁指着骂道："你这孽畜！书已拿去了，又来做甚？"王宰不解其意，心下大怒，直打入去。众人往内乱跑，早惊动王妈妈，听得外边喧嚷，急走出来，撞见众人，问道："为何这等慌乱？"众人道："妖狐又变做二官人模样，打进来也！"王妈妈惊道：

"有这等事！"

言还未毕，王宰已在面前。看见母亲，即撇下棒子，上前叩拜道："母亲，为甚这些泼男女将儿叫做妖狐孽畜，执棍乱打？"王妈妈道："你真个是我孩不？"王宰道："儿是母亲生的，有什么假！"正说间，外面七八个人，扛抬铺程行李进来。众家人方知是真，上前叩头谢罪。王宰问其缘故，王妈妈乃将妖狐前后事细说。又道："汝兄为此气成病症，尚未能愈。"王宰闻言，亦甚惊骇道："恁样说起来，儿在蜀中，王福曾赍书至，也是这狐假的了。"王妈妈道："你且说书上怎写？"王宰道："儿是随驾入蜀，分隶于剑南节度严武部下，得蒙拔为裨将。故上皇还京，儿不相从归国。两月前，忽见王福赍哥哥书来，说向避难江东，不幸母亲有变，教儿速来计议，扶柩归乡。王福说要至京打扫茔墓，次日先行。儿为此辞了本官，把许多东西都弃下了，轻装兼程趱来，才访至旧居，邻家指引至此。知母亲无恙，复到舟中易服来见。正要问哥哥为甚把这样凶信哄我，不想却有此异事！"即去行李中开出那封书来看时，也是一幅白纸。合家又好笑，又好恼。王宰同母至内见过嫂子，省视王臣，道其所以。王臣又气得个发昏。王妈妈道："这狐虽然惫懒，也亏他至蜀中赚你回来，使我母子相会。将功折罪，莫怨他罢！"王臣病了两个月，方才痊可。遂入籍于杭州。所以至今吴越间称拐子为野狐精，有所本也。

蛇行虎走各为群，狐有天书狐自珍。

家破业荒书又去，令人千载笑王臣。

张淑儿巧智脱杨生

自昔财为伤命刃，从来智乃护身符。
贼髡毒手谋文士，淑女双眸识俊儒。
已幸余生逃密网，谁知好事在穷途。
一朝获把封章奏，雪怨酬恩显丈夫。

话说正德年间，有个举人，姓杨，名延和，表字元礼。原是四川成都府籍贯。祖上流寓南直隶扬州府地方做客。遂住扬州江都县。此人生得肌如雪晕，唇若朱涂，一个脸儿，恰像羊脂白玉碾成的。那里有什么裴楷，那里有什么王衍？这个杨元礼，便真正是神清气清，第一品的人物。更兼他文才天纵，学问夙成，开着古书簿叶，一双手不住的翻，吸力豁刺，不够吃一杯茶时候，便看完一部。人只道他查点篇数，那晓得经他一展，逐行逐句，都稀烂的熟在肚子里头。一遇作文时节，铺着纸，研着墨，蘸着笔尖，飕飕声，簌簌声，直挥到底，好像猛雨般洒满一纸，句句是锦绣文章。真个是：

笔落惊风雨，书成泣鬼神。
终非池沼物，堪作庙堂珍。

七岁能书大字，八岁能作古诗，九岁精通时艺，十岁进了府庠，次年第一补廪。父母相继而亡，丁忧六载。元礼因为少孤，亲事也都不曾定得。喜得他苦志读书，十九岁便中了乡场第二名。不得首荐，心中闷闷不乐，叹道："世无识者。"不耐烦赴京会试。那些叔伯亲友们，那个不来劝他及早起程。又有同年兄弟六人，时常催促同行。那杨元礼虽说不愿会试，也是不曾中得解元气忿的说话，功名心原是急的。一日，被这几个同年们催逼不过，发起兴来，整治行李。原来父母虽亡，他的老尊原是务实生理的人，却也有些田房遗下。元礼变卖一两处，为上京盘缠，同了六个乡同年，一路上京。

那六位同年是谁？一个姓焦，名士济，字子舟。一个姓王，名元晖，字景照。一个姓张，名显，字弢伯。一个姓韩，名蕃锡，字康侯。一个姓蒋，名义，字礼生。一个姓刘，名善，字取之。六人里头，只有刘、蒋二人家事凉薄些儿，那四位却也一个个殷足。那姓王的家私百万，地方上叫做"小王恺"。说起来连这举人也是有些缘故来的。那时新得进身，这几个朋友好不高兴。带了五六个家人上路。一个个人材表表，气势昂昂，十分齐整。怎见得？但见：轻眉俊眼，绣腿花拳，风笠飘飘，雨衣鲜灿。玉勒马，一声嘶破柳堤烟；碧帷车，数武碾残松岭雪。右悬雕矢，行色增雄；左插鲛函，威风倍壮。扬鞭喝跃，途人谁敢争先；结队驱驰，村市尽皆惊盼。正是：处处绿杨堪系马，人人有路透长安。

这班随从的人打扮出路光景，虽然悬弓佩剑，实落是一个也动不得手的。大凡出路的人，第一是"老成"二字最为紧要。一举一动，俱要留心。千不合，万不合，是贪了小便宜。在山东甗州府马头上，各家的管家打开了银包，兑了多少铜钱，放在皮箱里头，压得那马背郎当，担夫疼软。一路上见的，只认是银子有内，那里晓得是铜钱在里头。行到河南府荣县地方相近，离城尚有七八十里。路上荒凉，远远的听得钟声清亮。抬头观看，望着一座大寺：

苍松虬结，古柏龙蟠。千寻峭壁，插汉芙蓉；百道鸣泉，洒空珠玉。螭头高拱，上逼层霄；鸱吻分张，下临无地。颤巍巍恍是云中双阙，光灿灿犹如海外五城。

寺门上有金字牌扁，名曰“宝华禅寺”。

那几个连日鞍马劳顿，见了这么大

寺，心中欢喜。一齐下马停车，进去游玩。但见稠阴夹道，曲径纡回，旁边多少旧碑，七横八竖，碑上字迹模糊，看起来唐时开元年间建造。正看之间，有小和尚疾忙进报。随有中年和尚油头滑脸，摆将出来。见了这几位冠冕客人踱进来，便鞠躬迎进。逐一位见礼看座，问了某姓某处，小和尚掇出一盘茶来吃了。这几个随即问道："师父法号？"那和尚道："小僧贱号悟石。列位相公有何尊干，到荒寺经过？"众人道："我们都是赴京会试的，在此经过，见寺宇整齐，进来随喜。"那和尚道："失敬，失敬！家师远出，有失迎接，却怎生是好？"说了三言两语，走出来吩咐道人摆茶果点心。便走到门前观看，只见行李十分华丽，跟随人役，个个鲜衣大帽。眉头一蹙，计上心来。暗暗地欢喜道："这些行李，若谋了他的，尽好受用。我们这样荒僻地面，他每在此逗留，正是天送来的东西了。见物不取，失之千里。不免留住他们，再作去处。"转身进来，就对众举人道："列位相公在上，小僧有一言相告，勿罪唐突。"众举人道："但说何妨。"和尚道："说也奇怪，小僧昨夜得一奇梦，梦见天上一个大星，端端正正的落在荒寺后园地上，变了一块青石。小僧心上喜道：必有大贵人到我寺中，今日果得列位相公到此。今科状元，决不出七位相公之外。小僧这里荒僻乡村，虽不敢屈留尊驾，但小僧得此佳梦，意欲暂留过宿。列位相公若不弃嫌，过了一宿，应此佳兆。只是山蔬野蔌，怠慢列位相公，不要见罪。"

众举人听见说了星落后园，决应在我们几人之内，欲待应承过宿。只有杨元礼心中疑惑，密向众同年道："这样荒僻寺院，和尚外貌虽则殷勤，人心难测。他苦苦要留，必有缘故。”众同年道：“杨年兄又来迂腐了。我们连主仆人夫，算来约有四十多人，那怕这几个乡村和尚。若杨年兄行李万有他虞，都是我众人赔偿。”杨元礼道：“前边只有三四十里，便到歇宿所在。还该赶去，才是道理。”却有张叡伯与刘取之都是极高兴的朋友，心上只是要住，对元礼道：“且莫说天色已晚，赶不到村店。此去途中，尚有可虑。现成这样好僧房，受用一宵，明早起身，也不为误事。若年兄必要赶到市镇，年兄自请先行，我们不敢奉陪。”那和尚看见众人低声商议，杨元礼声声要去。便向元礼道：“相公，此处去十来里有黄泥坝，歹人极多。此时天色已晚，路上难保无虞。相公千金之躯，不如小房过夜，明日早行，差得几时路程，却不安稳了多少。”元礼被众友牵制不过，又见和尚十分好意；况且跟随的人，见寺里热茶热水，也懒得赶路。向主人道：“这师父说黄泥坝晚上难走，不如暂过一夜罢。”元礼见说得有理，只得允从。众友吩咐抬进行李，明早起程。

那和尚心中暗喜中计。连忙备办酒席，吩咐道人，宰鸡杀鹅，烹鱼炮鳖，登时办起盛席来。这等地面那里买得凑手？原来这寺和尚极会受用，各色鸡鹅等类，都养在家里，因此捉来便杀，不费工夫。佛殿旁边转过曲廊，却是三间精致客堂，上面一字儿摆下七个筵席，下边列着一个陪桌，共有八席，十分齐整。悟石举杯安席，众同年序齿坐定。吃了数杯之后，张弢伯开言道：“列位年兄，必须行一酒令，才是有兴。”刘取之道：“师父，这里可有色盆？”和尚道：“有，有！”

连唤道人取出色盆，斟着大杯，送第一位焦举人行令。焦子舟也不推逊，吃酒便掷，取么点为文星，掷得者卜色飞送。众人尝得酒味甘美，上口便干。原来这酒不比寻常，却是把酒来浸米，麯中又放些香料，用些热药，做来颜色浓酽，好像琥珀一般。上口甘香，吃了便觉神思昏迷，四肢瘆软。这几个会试的路上吃惯了歪酒，水般样的淡酒，药般样的苦酒，还有尿般样的臭酒，这晚吃了恁般浓酝，加倍放出意兴来。猜拳赌色，一杯复一杯，吃一个不住。

那悟石和尚又叫小和尚在外厢陪了这些家人，叫道人支持这些轿夫马夫，上下人等，都吃得泥烂。只有杨元礼吃到中间，觉酒味香浓，心中渐渐昏迷。暗道："这所在那得恁般好酒！且是昏迷神思，其中决有缘故。"就地生出智着来，

假做腹痛，吃不下酒。那些人不解其意，却道："途路上或者感些寒气，必是多吃热酒，才可解散。如何倒不用酒？"一齐来劝。那和尚道："杨相公，这酒是三年陈的，小僧辈置在床头，不敢

轻用。今日特地开出来，奉敬相公。腹内作痛，必是寒气，连用十来大杯，自然解散。”杨元礼看他勉强劝酒，心上愈加疑惑，坚执不饮。众人道：“杨年兄为何这般扫兴？我们是畅饮一番，不要负了师父美情。”和尚合席敬大杯，只放元礼不过。心上道：“他不肯吃酒，不知何故？我也不怕他个醒的跳出圈子外边去。”又把大杯斟送。元礼道：“实是吃不下了，多谢厚情。”和尚只得把那几位抵死劝酒。

却说那些副手的和尚，接了这些行李，众管家们各拣洁净房头，铺下铺盖。这些吃醉的举人，大家你称我颂，乱叫着某状元、某会元，东歪西倒，跌到房中，面也不洗，衣也不脱，爬上床磕头便睡齁齁鼻息，响动如雷。这些手下人也被道人和尚们大碗头劝着，一发不顾性命，吃得眼定口开，手瘆脚软，做了一堆矬倒。却说那和尚也在席上陪酒，他便如何不受酒毒？他每吩咐小和尚，另藏着一把注子，色味虽同，酒力各别。间或客人答酒，只得呷下肚里，却又有解酒汤，在房里去吃了，不得昏迷。酒散归房，人人熟睡。那些贼秃们一个个磨拳擦掌，思量动手。悟石道：“这事须用乘机取势，不可迟延。万一酒力散了，便难做事。”吩咐各持利刃，悄悄的步到卧房门首，听了一番，思待进房，中间又有一个四川和尚，号曰觉空，悄向悟石道：“这些书呆不难了当，必须先把跟随人役完了事，才进内房，这叫做斩草除根，永无遗患。”悟石点头道：“说得有理。”遂转身向家人安歇去处，掇开房门，见头便割。这班酒透的人，匹力扑六的好像切菜一般，一齐杀倒，血流遍地，其实堪伤！

却说那杨元礼因是心中疑惑，和衣而睡。也是命不该绝，在床上展转不能安寝。侧耳听着外边，只觉酒散之后，寂无人声。暗道："这些和尚是山野的人，收了这残盘剩饭，必然聚吃一番，不然，也要收拾家伙，为何寂然无声？"又少顷，闻得窗外悄步，若有人声，心中愈发疑异。又少顷，只听得外厢连叫："哎哟！"又有模糊口声。又听得匹扑的跳响，慌忙跳起道："不好了，不好了！中了贼僧计也！"隐隐的闻得脚踪声近，急忙里用力去推那些醉汉，那里推得醒？也有木头般不答应的，也有胡胡卢卢说困话的。推了几推，只听得呀的房门声响。元礼顾不得别人，事急计生，耸身跳出后窗。见庭中有一棵大树，猛力爬上，偷眼观看。只见也有和尚，也有俗人，一伙儿拥进房门，持着利刃，望颈便刺。元礼见众人被杀，惊得心摇胆战，也不知墙外是水是泥，奋身一跳，却是乱棘丛中。欲待蹲身，又想后窗不曾闭得，贼僧必从天井内追寻，此处不当稳便。用力推开棘刺，满面流血，钻出棘丛，拔步便走。却是硬泥荒地。带跳而走，已有二三里之远。云昏地黑，阴风淅淅，不知是什么所在。却是废冢荒丘。又转了一个弯角儿，却见一所人家，孤丁丁住着，板缝内尚有火光。元礼道："我已筋疲力尽，不能行动。此家灯火未息，只得哀求借宿，再作道理。"正是：

青龙白虎同行，凶吉全然未保。

元礼低声叩门，只见五十来岁一个老妪，点灯开门。见

了元礼道："夜深人静，为何叩门？"元礼道："昏夜叩门，实是学生得罪。争奈急难之中，只得求妈妈方便，容学生暂息半宵。"老妪道："老身孤寡，难好留你。且尊客又无行李，又无随从，语言各别，不知来历。决难从命！"元礼暗道："事到其间，不得不以实情告他。""妈妈在上，其实小生姓杨，是扬州府人，会试来此，被宝华寺僧人苦苦留宿。不想他忽起狼心，把我们六七位同年都灌醉了，一齐杀倒。只有小生不醉，幸得逃生。"老妪道："哎哟！阿弥陀佛！不信有这样事！"元礼道："你不信，看我面上血痕。我从后庭中大树上爬出，跳出荆棘丛中，面都刺碎。"老妪睁睛看时，果然面皮都碎，对元礼道："相公果然遭难，老妪只得留住。相公会试中了，看顾老身，就有在里头了。"元礼道："极感妈妈厚情！自古道：'救人一命，胜造七级浮图。'我替你关了门，你自去睡。我就此桌儿上在假寐片时，一待天明，即便告别。"老妪道："你自请稳便。那个门没事，不劳相公费心。老身这样寒家，难得会试相公到来。常言道：贵人上宅，柴长三千，米长八百。我老身有一个姨娘，是卖酒的，就住在前村。我老身去打一壶来，替相公压惊，省得你又无铺盖，冷冰冰地睡不去。”元礼只道脱了大难，心中又惊又喜，谢道：“多承妈妈留宿，已感厚情！又承赐酒，何以图报？小生倘得成名，决不忘你大德。”妈妈道：“相公且宽坐片时，有小女奉陪，老身暂去就来。”女儿过来，见了相公。你且把门儿关着，我取了酒就来也。”那老妪吩咐女儿几句，随即提壶出门去了，不提。

却说那女子把元礼仔细端详，若有嗟叹之状。元礼道：“请问小姐姐今年几岁了？”女子道：“年方一十三岁。”元礼道：“你为何只管呆看小生？”女子道：“我看你堂堂容貌，表表姿材，受此大难，故此把你仔细观看。可惜你满腹文章，看不出人情世故。”元礼惊问道：“你为何说此几句，令我好生疑异！”女子道：“你只道我家母亲为何不肯留你借宿？”元礼道：“孤寡人家，不肯黄夜留人。”女子道：“后边说了被难缘因，他又如何肯留起来？”元礼道：“这是你令堂恻隐之心，留我借宿。”女子道：“这叫做燕雀处堂，不知祸之将及。”元礼益发惊问道：“难道你母亲也待谋害我不成？我如今孤身无物，他又何所利于我？小姐姐莫非道我伤弓之鸟，故把言语来吓诈我么？”女子道：“你只道我家住居的房屋，是那个的房屋？我家营运的本钱是那个的本钱？”元礼道：“小姐姐说话好奇怪！这是你家事，小生如何知道？”女子道：“妾姓张，有个哥哥，叫做张小乙，是我母亲过继

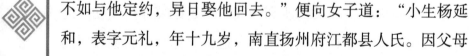

的儿子，在外面做些小经纪。他的本钱，也是宝华寺悟石和尚的，这一所草房也是寺里搭盖的。哥哥昨晚回来，今日到寺里交纳利钱去了，幸不在家。若还撞见相公，决不相饶。”

元礼想道：“方才众和尚行凶，内中也有俗人，一定是张小乙了。”便问道：“既是你妈妈和寺里和尚们一路，如何又买酒请我？”女子道：“他那里真个去买酒？假此为名，出去报与和尚得知。少顷他们就到了，你终须一死！我见你丰仪出众，决非凡品，故此对你说知，放你逃脱此难！”元礼吓得浑身冷汗，抽身便待走出。女子扯住道：“你去了不打紧，我家母亲极是利害，他回来不见了你，必道我泄漏机关。这场责罚，教我怎生禁受？”元礼道：“你若有心救我，只得吃这场责罚，小生死不忘报。”女子道：“有计在此！你快把绳子将我绑缚在柱子上，你自脱身前去。我口中乱叫母亲，等他回来，只告诉他说你要把我强奸，绑缚在此。被我叫喊不过，他怕母亲归来，只得逃走了去。必然如此，方免责罚。”又急向箱中取银一锭与元礼，道：“这正是和尚借我家的本钱。若母亲问起，我自有言抵对。”元礼初不欲受，思量前路盘缠，尚无毫忽，只得受了。把这女子绑缚起来，心中暗道：“此女仁智兼全，救我性命，不可忘他大恩。不如与他定约，异日娶他回去。”便向女子道：“小生杨延和，表字元礼，年十九岁，南直扬州府江都县人氏。因父母早亡，尚未婚配。受你活命之恩，意欲结为夫妇，后日娶你，决不食言。小姐姐意下如何？”女子道：“妾小名淑儿，今岁十三岁。若不弃微贱，永结葭莩，死且不恨。只是一件：

我母亲通报寺僧，也是平昔受他恩惠，故尔不肯负他。请君日后勿复记怀。事已危迫，君无留恋。”元礼问言一毕，抽身往外便走。才得出门，回头一看，只见后边一队人众，持着火把，蜂拥而来。元礼魂飞魄丧，好像失心风一般，望前乱跌，也不敢回头再看。

话分两头。单提那老妪打头，川僧觉空，持棍在前，悟石随后，也有张小乙，通共有二十余人，气磪磪一直赶到老妪家里。女子听得人声相近，乱叫乱哭。老妪一进门来，不见了姓杨的，只见女子被缚，吓了一跳，道：“女儿为何倒缚在那里？”女子哭道：“那人见母亲出去，竟要把我强奸，道我不从，竟把绳子绑缚了我。被我乱叫乱嚷，只得奔去。又转身进来要借盘缠。我回他没有，竟向箱中摸取东西，不知拿了甚么，向外就走。”

那老妪闻言，好像落汤鸡一般，口不能言。连忙在箱子内查看，不见了一锭银子。叫道：“不好了！我借师父的本钱，反被他掏摸去了。”众和尚不见杨元礼，也没工夫逗留，连忙向外追赶。又不知东西南北那一条路去了。走了一阵，只得叹口气回到寺中，跌脚叹道：“打蛇不死，自遗其害。”事已如此，无可奈何！且把杀死众尸，埋在后园空地上。开了箱笼被囊等物，原来多是铜钱在内，银子也有八九百两。把些来分与觉空，又把些分与众和尚、众道人等。也分些与张小乙。人人欢喜，个个感激。又另把些送与老妪，一则买他的口，一则赔偿他所失本钱，依旧作借。

却说那元礼脱身之后，黑地里走来走去，原只在一笪地方，气力都尽。只得蹲在一个冷庙堂里头。天色微明，向前又走，已到荥县。刚待进城，遇着一个老叟，连叫：“老侄，闻得你新中了举人，恭喜，恭喜！今上京会试，如何在此独步，没人随从？”那老叟你道是谁？却就是元礼的叔父，叫做杨小峰，一向在京生理，贩货下来，经繇河间府，到往山东。劈面撞着了新中的侄儿，真是一天之喜。元礼正值穷途，撞见了自家的叔父，把宝华寺受难根因，与老妪家脱身的缘故，一一告诉。杨小峰十分惊吓，挽着手，拖到饭店上吃了饭。就把身边随从的阿三，送与元礼伏侍，又借他白银一百二十三十两，又替他叫了骡轿，送他进京。正叫做：

不是一番寒彻骨，怎得梅花扑鼻香。

元礼别了小峰，到京会试，中了第二名会魁。叹道：“我杨延和到底逊人一筹！然虽如此，我今番得中，一则可以践约，二则得以伸冤矣。”殿试中了第一甲第三名，入了翰林。

有相厚会试同年舒有庆，他父亲舒珽，正在山东做巡按。元礼把六个同年及从人受害本末，细细与舒有庆说知。有庆报知父亲，随着府县拘提合寺僧人到县。即将为首僧人悟石、觉空二人，极刑鞫问，招出杀害举人原由。押赴后园，起尸相验。随将众僧拘禁。此时张小乙已自病故了。舒珽即时题请灭寺屠僧，立碑道傍，地方称快。后边元礼告假回来，亲到废寺基址，作诗吊祭六位同年，不题。

却说那老妪原系和尚心腹，一闻寺灭僧屠，正待逃走。女子心中暗道："我若跟随母亲同去，前日那杨举人从何寻问？"正在忧惶，只见一个老人家走进门来，问道："这里可是张妈妈家？"老妪道："老身亡夫，其实姓张。"老叟道："令爱可叫做淑儿么？"老妪道："小女的名字，老人家如何晓得？"老叟道："老夫是扬州杨小峰，我侄儿杨延和，中了举人，在此经过，往京会试。不意这里宝华禅寺和尚忽起狼心，谋害同行六位举人，并杀跟随多命。侄儿幸脱此难，现今中了探花，感激你家令爱活命之恩，又谢他赠了盘缠银一锭，因此托了老夫到此说亲。"老妪听了，吓呆了半晌，无言回答。那女子窥见母亲情慌无措，扯他到房中说道："其实那晚见他丰格超群，必有大贵之日。孩儿惜他一命，只得赠了盘缠，放他逃去。彼时感激孩儿，遂订终身之约。孩儿道：'母亲平昔受了寺僧恩惠，纵去报与寺僧知道，也是各不相负，你切不可怀恨。'他有言在先，你今日不须惊怕。"杨小峰就接淑儿母子到扬州地方，赁房居住。等了元礼荣归，随即结姻。老妪不敢进见元礼，女儿苦苦代母请罪，方得相见。

老妪匍伏而前，元礼扶起行礼，不提前事。却说后来淑儿与元礼生出儿子，又中辛未科状元，子孙荣盛。若非黑夜逃生，怎得佳人作合？这叫做：夫妻本是前生定，曾向蟠桃会里来。有诗为证：

春闱赴选遇强徒，解厄全凭女丈夫。
凡事必须留后着，他年方不悔当初。

喻世明言

羊角哀舍命全交

背手为云覆手雨，纷纷轻薄何须数。
君看管鲍贫时交，此道今人弃如土。

昔时，齐国有管仲，字夷吾；鲍叔，字宣子，两个自幼时以贫贱结交。后来，鲍叔先在齐桓公门下，信用显达，举荐管仲为首相，位在己上。两人同心辅政，始终如一。管仲曾有几句言语道："吾尝三战三北，鲍叔不以我为怯，知我有老母也。吾尝三仕三见逐，鲍叔不以我为不肖，知我不遇时也。吾尝与鲍叔谈论，鲍叔不以我为愚，知时有利不利也。吾尝与鲍叔为贾，分利多，鲍叔不以我为贪，知我贫也。生我者父母，知我者鲍叔！"所以古今说知心结交，必曰："管鲍"。今日说两个朋友，偶然相见，结为兄弟，各舍其命，留名万古。

春秋时，楚元王崇儒重道，招贤纳士。天下之人闻其风而归者，不可胜计。西羌积石山有一贤士，姓左，双名伯桃，幼亡父母，勉力攻书，养成济世之才，学就安民之业。年近四旬，因中国诸侯互相吞并，行仁政者少，恃强霸者多，未尝出仕。后闻得楚元王慕仁好义，遍求贤士，乃携书一囊，辞别乡中邻友，径奔楚国而来，迤儷来到雍地。时值隆冬，风雨交作。有一篇《西江月》词，单道冬天雨景：

习习悲风割面，蒙蒙细雨侵衣。催冰酿雪逞寒威，不比他时和气。山色不明常暗，日光偶露还微。天涯游子尽思归，路上行人应悔。

左伯桃冒雨荡风，行了一日，衣裳都沾湿了。看看天色昏黄，走向村间，欲觅一宵宿处。远远望见竹林之中，破窗透出灯光，径奔那个去处，见矮矮篱笆围着一间草屋，乃推开篱障，轻叩柴门。中有一人，启户而出。左伯桃立在檐下，慌忙施礼曰："小生西羌人氏，姓左，双名伯桃。欲往楚国，不期中途遇雨，无觅旅邸之处，求借一宵，来早便行，未知尊意肯容否？"那人闻言，慌忙答礼，邀入屋内。伯桃视之，止有一榻。榻上堆积书卷，别无他物。伯桃已知亦是儒人，便欲下拜。那人云："且未可讲礼，容取火烘干衣服，却当会话。"

当夜，烧竹为火，伯桃烘衣。那人炊办酒食，以供伯桃，意甚勤厚。伯桃乃问姓名。其人曰："小生姓羊，双名角哀，

幼亡父母，独居于此。平生酷爱读书，农业尽废。今幸遇贤士远来，但恨家寒，乏物为款，伏乞恕罪。”伯桃曰：“阴雨之中，得蒙遮蔽，更兼一饮一食，感佩何忘！”当夜，二人抵足而眠，共话胸中学问，终夕不寐。

比及天晓，淋雨不止。角哀留伯桃在家，尽其所有相待，结为昆仲。伯桃年长角哀五岁，角哀拜伯桃为兄。一住三日，雨止道干。伯桃曰：“贤弟有王佐之才，抱经纶之志；不图竹帛，甘老林泉，深为可惜。”角哀曰：“非不欲仕，奈未得其便耳。”伯桃曰：“今楚王虚心求士，贤弟既有此心，何不同往？”角哀曰：“愿从兄长之命。”遂收拾些小路费粮米，弃其茅屋，二人同望南方而进。

行不两日，又值阴雨，羁身旅店中，盘费罄尽，只有行粮一包，二人轮换负之，冒雨而走。其雨未止，风又大作，变为一天大雪。怎见得？你看：

风添雪冷，雪趁风威。纷纷柳絮狂飘，片片鹅毛乱舞。团空搅阵，不分南北西东；遮地漫天，变尽青黄赤黑。探梅诗客多清趣，路上行人欲断魂。

二人行过歧阳，道经梁山路，问及樵夫，皆说："从此去百余里，并无人烟，尽是荒山旷野，狼虎成群，只好休去。"伯桃与角哀曰："贤弟心下如何？"角哀曰："自古道'死生有命'。既然到此，只顾前进，休生退悔。"又行了一日，夜宿古墓中。衣服单薄，寒风透骨。

次日，雪越下得紧，山中仿佛盈尺。伯桃受冻不过，曰："我思此去百余里，绝无人家，行粮不敷，衣单食缺。若一人独往，可到楚国；二人俱去，纵然不冻死，亦必饿死于途中，与草木同朽，何益之有？我将身上衣服脱与贤弟穿了，贤弟可独赍此粮，于途强挣而去。我委的行不动了，宁可死于此地。待贤弟见了楚王，必当重用，那时却来葬我未迟。"角哀曰："焉有此理！我二人虽非一父母所生，义气过于骨肉。我安忍独去而求进身耶？"遂不许，扶伯桃而行。

行不十里，伯桃曰："风雪越紧，如何去得？且于道傍寻个歇处。"见一株枯桑，颇可避雪。那桑下止容得一人，角哀遂扶伯桃入去坐下。伯桃命角哀敲石取火，爇些枯技，以御寒气。比及角哀取了柴火到来，只见伯桃脱得赤条条地，浑身衣服都做一堆放着。角哀大惊，曰："吾兄何为如此？"伯桃曰："吾寻思无计，贤弟勿自误了，速穿此衣服，负粮前去，我只在此守死。"角哀抱持大哭曰："吾二人死生同处，安可分离？"伯桃曰："若皆饿死，白骨谁埋？"角哀曰："若

如此，弟情愿解衣与兄穿了，兄可赍粮去，弟宁死于此。”伯桃曰：“我平生多病，贤弟少壮，比我甚强；更兼胸中之学，我所不及。若见楚君，必登显宦。我死何足道哉？弟勿久滞，可宜速往！”角哀曰：“今兄饿死桑中，弟独取功名，此大不义之人也，我不为之。”伯桃曰：“我自离积石山，至弟家中，一见如故。知弟胸次不凡，以此劝弟求进。不幸风雨所阻，此吾天命当尽。若使弟亦亡于此，乃吾之罪也。”言讫，欲跳前溪觅死。角哀抱住痛哭，将衣拥护，再扶至桑中。伯桃把衣服推开。角哀再欲上前劝解时，但见伯桃神色已变，四肢厥冷，口不能言，以手挥令去。角哀寻思：“我若久恋，亦冻死矣，死后谁葬吾兄？”乃于雪中再拜伯桃而哭曰：“不肖弟此去，望兄阴力相助。但得微名，必当厚葬。”伯桃点头半答，角哀取了衣粮，带泣而去。伯桃死于桑中。后人有诗赞云：

寒来雪三尺，人去途千里。

长途苦雪寒，何况囊无米？

并粮一人生，同行两人死；

两死诚何益？一生尚有恃。

贤哉左伯桃！陨命成人美。

角哀捱着寒冷，半饥半饱，来到楚国，于旅邸中歇定。

次日入城，问人曰："楚君招贤，何由而进？"人曰："宫门外设一宾馆，令上大夫裴仲接纳天下之士。"角哀径投宾馆前来，正值上大夫下车，角哀乃向前而揖。裴仲见角哀衣虽褴褛，器宇不凡，慌忙答礼，问曰："贤士何来？"角哀曰："小生姓羊，双名角哀，雍州人也。闻上国招贤，特来归投。"裴仲邀入宾馆，具酒食以进，宿于馆中。

次日，裴仲到馆中探望，将胸中疑义盘问角哀，试他学问如何，角哀百问百答，谈论如流。裴仲大喜，入奏元王。王即时召见，问富国强兵之道。角哀首陈十策，皆切当世之急务。元王大喜，设御宴以待之，拜为中大夫，赐黄金百两，彩缎百匹。角哀再拜流涕。元王大惊而问曰："卿痛哭者何也？"角哀将左伯桃脱衣并粮之事，一一奏知。元王闻其言，为之感伤。诸大臣皆为痛惜。元王曰："卿欲如何？"角哀曰："臣乞告假到彼处安葬伯桃已毕，却回来事大王。"元王遂赠已死伯桃为中大夫，厚赐葬资，仍差人跟随角哀车骑同去。

角哀辞了元王，径奔梁山地面，寻旧日枯桑之处，果见伯桃死尸尚在，颜貌如生前一般。角哀乃再拜而哭，呼左右唤集乡中父老，卜地于浦塘之原。前临大溪，后靠高崖，左右诸峰环抱，风水甚好。遂以香汤沐浴伯桃之尸，穿戴大夫衣冠，置内棺外椁，安葬起坟。四周筑墙栽树，离坟三十步建享堂，塑伯桃仪容，立华表，柱上建牌额；墙侧盖瓦屋，令人看守。造毕，设祭于享堂，哭泣甚切。乡老从人，无不下泪。祭罢，各自散去。

角哀是夜明灯燃烛而坐，感叹不已。忽然一阵阴风飒飒，烛灭复明。角哀视之，见一人于灯影中，或进或退，隐隐有哭声。角哀叱曰："何人也？辄敢黉夜而入！"其人不言。角哀起而视之，乃伯桃也。角哀大惊，问曰："兄阴灵不远，今来见弟，必有事故。"伯桃曰："感贤弟记忆，初登仕路，奏请葬吾，更赠重爵，并棺椁衣衾之美。凡事十全。但坟地与荆轲墓相连近，此人在世时，为刺秦王不中被戮，高渐离以其尸葬于此处。神极威猛，每夜仗剑来骂吾曰：'汝是冻死饿杀之人，安敢建坟居吾上肩，夺吾风水？若不迁移他处，吾发墓取尸，掷之野外！'有此危难，特告贤弟，望改葬于他处，以免此祸。"角哀再欲问之，风起，忽然不见。角哀在享堂中一梦惊觉，尽记其事。

天明，再唤乡老，问："此处有坟相近否？"乡老曰："松阴中有荆轲墓，墓前有庙。"角哀曰："此人昔刺秦王，不中被杀，缘何有坟于此？"乡老曰："高渐离乃此间人，知荆轲被害，弃尸野外，乃盗其尸，葬于此地，每每显灵。土人建庙于此，四时享祭，以求福利。"角哀闻其言，遂信梦中之事，引从者径奔荆轲庙，指其神而骂曰："汝乃燕邦一

匹夫，受燕太子奉养，名姬重宝，尽汝受用。不思良策以副重托，入秦行事，丧身误国，却来此处惊惑乡民，而求祭祀！吾兄左伯桃，当代名儒，仁义廉洁之士，汝安敢逼之？再如此，吾当毁其庙而发其冢，永绝汝之根本！”骂讫，却来伯桃墓前祝曰：“如荆轲今夜再来，兄当报我。”归至享堂，是夜秉烛以待。果见伯桃哽咽而来，告曰：“感贤弟如此，奈荆轲从人极多，皆土人所献。贤弟可束草为人，以彩为衣，手执器械，焚于墓前。吾得其助，使荆轲不能侵害。”言罢不见。角哀连夜使人束草为人，以彩为衣，各执刀枪器械，建数十于墓侧，以火焚之。祝曰：“如其无事，亦望回报。”

归到享堂，是夜闻风雨之声，如人战敌。角哀出户观之，见伯桃奔走而来，言曰：“弟所焚之人，不得其用。荆轲又有高渐离相助，不久吾尸必出墓矣。望贤弟早与迁移他处殡葬，免受此祸。”角哀曰：“此人安敢如此欺凌吾兄！弟当力助以战之。”伯桃曰：“弟阳人也，我皆阴鬼。阳人虽有勇烈，尘世相隔，焉能战阴鬼也？虽茎草之人，但能助喊，不能退此强魂。”角哀曰：“兄且去，弟来日自有区处。”次日，角哀再到荆轲庙中大骂，打毁神像。方欲取火焚庙，只见乡老数人，再四哀求曰："此乃一村香火，若触犯之，恐贻祸于百姓。"须臾之间，土人聚集，都来求告。角哀拗他不过，只得罢了。

回到享堂，修一道表章，上谢楚王，言："昔日伯桃并粮与臣，因此得活，以遇圣主。重蒙厚爵，平生足矣，容臣后世尽心图报。"词意甚切，表付从人，然后到伯桃墓侧，大哭一场。与从者曰："吾兄被荆轲强魂所逼，去往无门，吾所不忍。欲焚庙掘坟，又恐拂土人之意。宁死为泉下之鬼，力助吾兄战此强魂。汝等可将吾尸葬于此墓之右，生死共处，以报吾兄并粮之义。回奏楚君，万乞听纳臣言，永保山河社稷。"言讫，掣取佩剑，自刎而死。从者急救不及，速具衣棺殡殓，埋于伯桃墓侧。

是夜二更，风雨大作，雷电交加，喊杀之声闻数十里。清晓视之，荆轲墓上，震烈如发，白骨散于墓前，墓边松柏，和根拔起。庙中忽然起火，烧做白地。乡老大惊，都往羊、左二墓前，焚香展拜。从者回楚国，将此事上奏元王。元王感其义重，差官往墓前建庙，加封上大夫，敕赐庙额曰"忠义之祠"，就立碑以记其事。至今香火不断。荆轲之灵，自此绝矣。土人四时祭祀，所祷甚灵。有古诗云：

古来仁义包天地，只在人心方寸间。

二士庙前秋日净，英魂常伴月光寒。

众名姬春风吊柳七

北阙休上诗，南山归敝庐。
不才明主弃，多病故人疏。
白发催年老，青阳逼岁除。
永怀愁不寐，松月下窗虚。

这首诗，乃唐朝孟浩然所作。他是襄阳第一个有名的诗人，流寓东京，宰相张说甚重其才，与之交厚。一日，张说在中书省入直，草应制诗，苦思不就，遣堂吏密请孟浩然到来，商量一联诗句。正尔烹茶细论，忽然唐明皇驾到。孟浩然无处躲避，伏于床后。明皇早已瞧见，问张说道："适才避朕者，何人也？"张说奏道："此襄阳诗人孟浩然，臣之故友。偶然来此，因布衣，不敢唐突圣驾。"明皇道："朕亦素闻此人之名，愿一见之。"孟浩然只得出来，拜伏于地，口称："死罪。"明皇道："闻卿善诗，可将生平得

意一首，诵与朕听？”孟浩然就诵了“北阙休上诗”这一首。明皇道：“卿非不才之流，朕亦未为明主；然卿自不来见朕，朕未尝弃卿也。”当下龙颜不悦，起驾去了。

次日，张说入朝，见帝谢罪，因力荐浩然之才，可充馆职。明皇道：“前朕闻孟浩然有‘流星澹河汉，疏雨滴梧桐’之句，何其清新！又闻有‘气蒸云梦泽，波撼岳阳楼’之句，何其雄壮！昨在朕前，偏述枯槁之辞，又且中怀怨望，非用世之器也。宜听归南山，以成其志！”由是终身不用，至今人称为“孟山人”。后人有诗叹云：

新诗一首献当朝，欲望荣华转寂寥。
不是不才明主弃，从来贵贱命中招。

古人中有因一言拜相的，又有一篇赋上遇主的。那孟浩然只为错念了八句诗，失了君王之意，岂非命乎？如今我又说一桩故事，也是个有名才子，只为一首词上，误了功名，终身坎廪，后来颠到成了风流佳话。

那人是谁？说起来，是宋神宗时人，姓柳，名永，字耆卿。原是建宁府崇安县人氏。因随父亲作宦，流落东京。排行第七，人都称为柳七官人。年二十五岁，丰姿洒落，人才出众，琴棋书画，无所不通；至于吟诗作赋，尤其本等。还有一件，最其所长，乃是填词。

怎么叫做填词？如李太白有《忆秦娥》《菩萨蛮》，王维有《郁轮袍》，这都是词名，又谓之“诗馀”，唐时名妓多歌之。至宋时，大晟府乐官博采词名，填腔进御。这个词，比切声调，分配十二律，其某律某调，句长句短，合用平上去入四声字眼，有个一定不移之格。作词者按格填入，务要字与音协，一些杜撰不得，所以谓之填词。那柳七官人，于音律里面第一精通，将大晟府乐词，加添至二百余调，真个是词家独步。他也自恃其才，没有一个人看得入眼，所以缙绅之门，绝不去走，文字之交，也没有人。终日只是穿花街，走柳巷，东京多少名妓，无不敬慕他，以得见为荣。若有不认得柳七者，众人都笑他为下品，不列姊妹之数。所以妓家传出几句口号。道是：

不愿穿绫罗，愿依柳七哥；
不愿君王召，愿得柳七叫；
不愿千黄金，愿中柳七心；
不愿神仙见，愿识柳七面。

那柳七官人，真个是朝朝楚馆，夜夜秦楼。内中有三个出名上等的行首，往来尤密。一个唤做陈师师，一个唤做赵香香，一个唤做徐冬冬。这三个行首，赔着自己钱财，争养柳七官人。怎见得？有《戏题》一词，名《西江月》为证：

“调笑师师最惯，香香暗地情多，冬冬与我煞脾和，独自窝盘三个。‘管’字下边无分，‘闭’字加点如何？权将‘好’字自停那，‘奸’字中间着我。”

这柳七官人，诗词文采，压于朝士。因此近侍官员虽闻他恃才高傲，却也多少敬慕他的。那时天下太平，凡一才一艺之士，无不录用。有司荐柳永才名，朝中又有人保奏，除授浙江管下馀杭县宰。这县宰官儿，虽不满柳耆卿之意，把做个进身之阶却也罢了。只是舍不得那三个行首。时值春暮，将欲起程，乃制《西江月》为词，以寓惜别之意：

凤额绣帘高卷，兽檐朱户频摇。两竿红日上花梢，春睡厌厌难觉。好梦枉随飞絮，闲愁浓胜香醪。不成雨暮与云朝，又是韶光过了。

三个行首，闻得柳七官人浙江赴任，都来饯别。众妓至者如云，耆卿口占《如梦令》云：

郊外绿阴千里，掩映红裙十队。惜别语方长，车马催人速去。偷泪，偷泪，那得分身应你！

柳七官人别了众名姬，携着琴、剑、书箱，扮作游学秀士，迤逦上路，一路观看风景。行至江州，访问本处名妓。有人说道："此处只有谢玉英，才色第一。"耆卿问了住处，径来相访。玉英迎接了，见耆卿人物文雅，便邀入个小小书房。耆卿举目看时，果然摆设得精致。但见：

明窗净几，竹榻茶垆。床间挂一张名琴，壁上悬一幅古画。

香风不散，宝炉中常爇沉檀；清风逼人，花瓶内频添新水。万卷图书供玩览，一枰棋局佐欢娱。

耆卿看他桌上，摆着一册书，题云：“柳七新词”。检开看时，都是耆卿平日的乐府，蝇头细字，写得齐整。耆卿问道：“此词何处得来？”玉英道：“此乃东京才子柳七官人所作，妾平昔甚爱其词，每听人传诵，辄手录成帙。”耆卿又问道：“天下词人甚多，卿何以独爱此作？”玉英道：“他描情写景，字字逼真。如《玉蝴蝶》一篇末云：‘黯相望，断鸿声里，立尽斜阳。’《雨霖铃》一篇云：‘今宵酒醒何处？杨柳岸晓风残月。’此等语，人不能道。妾每诵其词，不忍释手，恨不得见其人耳。”耆卿道：“卿要识柳七官人否？只小生就是。”玉英大惊，问其来历。耆卿将馀杭赴任之事，说了一遍。玉英拜倒在地，道：“贱妾凡胎，不识神仙，望乞恕罪。”置酒款待，殷勤留宿。

耆卿深感其意，一连住了三五日，恐怕误了凭限，只得告别。玉英十分眷恋，设下山盟海誓，一心要相随柳七官人，侍奉箕帚。耆卿道：“赴任不便。若果有此心，俟任满回日，同到长安。”玉英道：“既蒙官人不弃，贱妾从今为始，即当杜门绝客以待。切勿遗弃，使妾有‘白头’之叹。”耆卿索纸，写下一词，名《玉女摇仙佩》。词云：

飞琼伴侣，偶别珠宫，未返神仙行缀。取次梳妆，寻常言语，有得几多姝丽？拟把名花比，恐傍人笑我，谈何容易。细思算，奇葩艳卉，惟是深红浅白而已。争如这多情，占得人间千娇百媚。须信画堂绣阁，皓月清风，忍把光阴轻弃。自古及今，佳人才子，少得当年双美！且恁相偎倚，未消得、怜我多才多艺。愿奶奶兰心蕙性，枕前言下，表余深意。为盟誓，今生断不孪鸳被。

耆卿吟词罢，别了玉英上路。

不一日。来到姑苏地方，看见山明水秀，到个路旁酒楼上，沽饮三杯。忽听得鼓声齐响，临窗而望，乃是一群儿童掉了小船，在湖上戏水采莲。口中唱着吴歌云：

采莲阿姐斗梳妆，好似红莲搭个白莲争。红莲自道颜色好，白莲自道粉花香。粉花香，粉花香，贪花人一见便来抢。红个也忒贵，白个也弗强。当面下手弗得，和你私下商量，好像荷叶遮身无人见，下头成藕带丝长。

柳七官人听罢，取出笔来，也做一只吴歌，题于壁上。歌云：

十里荷花九里红，中间一朵白松松。白莲则好摸藕吃，红莲则好结莲蓬。结莲蓬，结莲蓬，莲蓬生得忒玲珑。肚里一团清趣，外头包裹重重。有人吃著滋味，一时劈破难容。只图口甜，那得知我心里苦，开花结子一场空。

这首吴歌，流传吴下，至今有人唱之。

却说柳七官人过了姑苏，来到馀杭县上任，端的为官清正，讼简词稀。听政之暇，便在大涤、天柱、由拳诸山，登临游玩，赋诗饮酒。这馀杭县中，也有几家官妓，轮番承直。但是讼牒中犯着妓者名字，便不准行。妓中有个周月仙，颇有姿色，更通文墨。一日，在县衙唱曲侑酒，柳县宰见他似有不乐之色，问其缘故。月仙低头不语，两泪交流。县宰再三盘问，月仙只得告诉。

原来月仙与本地一个黄秀才，情意甚密。月仙一心只要嫁那秀才，奈秀才家贫，不能备办财礼。月仙守那秀才之节，誓不接客。老鸨再三逼迫，只是不从，因是亲生之女，无可奈何。黄秀才书馆与月仙只隔一条大河，每夜月仙渡船而去，与秀才相聚，至晓又回。同县有个刘二员外，爱月仙丰姿，欲与欢会。月仙执意不肯，吟诗四句道：

不学路旁柳，甘同幽谷兰。
游蜂若相询，莫作野花看。

刘二员外心生一计，嘱咐舟人，教他乘月仙夜渡，移至无人之处，强奸了他，取个执证回话，自有重赏。舟人贪了赏赐，果然乘月仙下船，远远撑去。月仙见不是路，喝他住舡。那舟人那里肯依？直摇到芦花深处，僻静所在，将船泊了。走入船舱，把月仙抱住，逼着定要云雨。月仙自料难以脱身，不得已而从之。云收雨散，月仙惆怅，吟诗一首：

自恨身为妓，遭污不敢言。
羞归明月渡，懒上载花船。

是夜，月仙仍到黄秀才馆中住宿，却不敢声告诉，至晓回家。其舟人记了这四句诗，回复刘二员外，员外将一锭银子，赏了舟人去了。便差人邀请月仙家中侑酒，酒到半酣，又去调戏月仙，月仙仍旧推阻。刘二员外取出一把扇子来，扇上有诗四句，教月仙诵之。月仙大惊！原来却是舟中所吟四句，当下顿口无言。刘二员外道："此处牙床锦被，强似芦花明月，小娘子勿再推托。"月仙满面羞惭，安身无地，只得从了刘二员外之命。以后刘二员外日逐在他家占住，不容黄秀才相处。

自古道："小娘子爱俏，鸨儿爱钞。"黄秀才虽然儒雅，怎比得刘二员外有钱有钞？虽然中了鸨儿之意，月仙心下只想着黄秀才，以此闷闷不乐。今番被县宰盘问不过，只得将情诉与。柳耆卿是风流首领，听得此语，好生怜悯。当日就唤老鸨过来，将钱八十千付作身价，替月仙除了乐籍。一面请黄秀才相见，亲领月仙回去，成其夫妇。黄秀才与周月仙拜谢不尽。正是：

风月客怜风月客，有情人遇有情人。

柳耆卿在馀杭三年，任满还京。想起谢玉英之约，便道再到江州。原来谢玉英初别耆卿，果然杜门绝客。过了一年之后，不见耆卿通问，未免风愁月恨，更兼日用之需无从进益。日逐车马填门，回他不脱。想着五夜夫妻，未知所言真假；又有闲汉从中撺掇，不免又随风倒舵，依前接客。有个新安大贾孙员外，颇有文雅，与他相处年余，费过千金。耆卿到玉英家询问，正值孙员外邀玉英同往湖口看船去了。耆卿到不遇。知玉英负约，怏怏不乐，乃取花笺一幅，制词名《击梧桐》。词云：

香靥深深，姿姿媚媚，雅格奇容天与。自识伊来便好看承，会得妖娆心素。临岐再约同欢，定是都把平生相许。又恐恩情易破难成，未免千般思虑。近日重来，空房而已，苦杀叨叨言语。便认得听人教当，拟把前言轻负。见说兰台宋玉，多才多艺善词赋。试与问朝朝暮暮，行云何处去？

后写：“东京柳永，访玉卿不遇，漫题。”耆卿写毕，念了一遍，将词笺黏于壁上，拂袖而出。回到东京，屡有人举荐，升为屯田员外郎之职。东京这班名姬，依旧来往。耆卿所支俸钱，及一应求诗词馈送下来的东西，都在妓家销化。

一日，正在徐冬冬家积翠楼戏耍。宰相吕夷简差堂吏传命，直寻将来。说道：“吕相公六十诞辰，家妓无新歌上寿，特求员外一阕，幸即挥毫，以便演习。蜀锦二端，吴绫四端，聊充润笔之敬，伏乞俯纳。”耆卿允了，留堂吏在楼下酒饭。问徐冬冬有好纸否，徐冬冬在箧中，取出两幅芙蓉笺纸，放于案上。耆卿磨得墨浓，蘸得笔饱，拂开一幅笺纸，不打草儿，写下《千秋岁》一阕云：

泰阶平了，又见三台耀。烽火静，欃枪扫。朝堂耆硕辅，樽俎英雄表。福无艾，山河带砺人难老。

渭水当年钓，晚应飞熊兆。同一吕，今偏早。乌纱头未白，笑把金樽倒。人争羡，二十四遍中书考。

耆卿一笔写完，还剩下芙蓉笺一纸，馀兴未尽，后写《西江月》一调云：腹内胎生异锦，笔端舌喷长江。纵教匹绢字难偿，不屑与人称量，我不求人富贵，人须求我文章。风流才子占词场，真是白衣卿相。

耆卿写毕，放在桌上。恰好陈师师家差个侍儿来请，说道：“有下路新到一个美人，不言姓名，自述特慕员外，不远千里而来，今在寒家奉候，乞即降临。”耆卿忙把诗词装入封套，打发堂吏，动身去了，自己随后往陈师师家来。一见了那美人，吃了一惊。那美人是谁？正是：

着意寻不见，有时还自来。

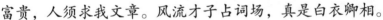

那美人正是江州谢玉英。他从湖口看舡回来，见了壁上这只《击梧桐》词，再三讽咏，想着：“耆卿果是有情之人，不负前约。”自觉惭愧。瞒了孙员外，收拾家私，雇了船只，一径到东京来问柳七官人。闻知他在陈师师家往来极厚，特拜望师师，求其引见耆卿。当时分明是断花再接，缺月重圆，不胜之喜。陈师师问其详细，便留谢玉英同住。玉英怕不稳便，商量割东边院子另住。自到东京，从不见客，只与耆卿相处，如夫妇一般。耆卿若往别妓家去，也不阻挡，甚有贤达之称。

话分两头。再说耆卿匆忙中，将所作寿词封付堂吏，谁知忙中多有错，一时失于点检，两幅词笺都封了去。吕丞相拆开封套，先读了《千秋岁》调，到也欢喜。又见《西江月》调，少不得也念一遍。念到“纵教匹绢字难偿，不屑与人称量”，笑道：“当初裴晋公修福光寺，求文于皇甫湜，湜每字索绢三匹。此子嫌吾酬仪太薄耳。”又念到“我不求人富贵，人须求我文章”，大怒道：“小子轻薄，我何求汝耶？”从此衔恨在心。柳耆卿却是疏散的人，写过词，丢在一边了，那里还放在心上。

又过了数日，正值翰林员缺，吏部开荐柳永名字；仁宗曾见他增定大晟乐府，亦慕其才，问宰相吕夷简道：“朕欲用柳永为翰林，卿可识此人否？”吕夷简奏道：“此人虽有词华，然恃才高傲，全不以功名为念。见任屯田员外，日夜留连妓馆，大失官箴。若重用之，恐士习由此而变。”遂把耆卿所作《西江月》词诵了一遍。仁宗皇帝点头。早有知谏院官打听得吕丞相衔恨柳永，欲得逢迎其意，连章参劾。仁宗御笔批着四句道：

柳永不求富贵，谁将富贵求之？

任作白衣卿相，风前月下填词。

柳耆卿见罢了官职，大笑道："当今做官的，都是不识字之辈，怎容得我才子出头？"因改名"柳三变"，人都不会其意，柳七官人自解说道："我少年读书，无所不窥，本求一举成名，与朝家出力。因屡次不第，牢骚失意，变为词人，以文采自见，使名留后世足矣；何期被荐，顶冠束带，变为官人。然浮沉下僚，终非所好；今奉旨放落，行且逍遥自在，变为仙人。"从此益放旷不检，以妓为家。将一个手板上写道："奉圣旨填词柳三变。"欲到某妓家，先将此手板送去，这一家便整备酒肴，伺候过宿。次日，再要到某家，亦复如此。凡所作小词，落款书名处，亦写"奉圣旨填词"五字，人无有不笑之者。如此数年。

一日，在赵香香家，偶然昼寝，梦见一黄衣吏从天而下，说道："奉玉帝敕旨，《霓裳羽衣曲》已旧，欲易新声，特借重仙笔，即刻便往。"柳七官人醒来，便讨香汤沐浴，对赵香香道："适蒙上帝见召，我将去矣。各家姊妹可寄一信，不能候之相见也。"言毕，瞑目而坐。香香视之，已死矣。慌忙报知谢玉英，玉英一步一跌的哭将来。陈师师、徐冬冬两个行首，一时都到。又有几家曾往来的，闻知此信也都来赵家。

原来柳七官人，虽做两任官职，毫无家计。谢玉英虽说跟随他终身，到带着一家一火前来，并不费他分毫之事。今日送终时节，谢玉英便是他亲妻一般；这几个行首，便是他亲人一般。当时陈师师为首，敛取众妓家财帛，制买衣衾棺椁，就在赵家殡殓。谢玉英衰绖做个主丧，其他三个的行首，都聚在一处，带孝守幕。一面在乐游原上，买一块隙地起坟，择日安葬。坟上竖个小碑，照依他手板上写的，增添两字，刻云：“奉圣旨填词柳三变之墓。”出殡之日，

官僚中也有相识的，前来送葬。只见一片缟素，满城妓家无一人不到，哀声震地。那送葬的官僚，自觉惭愧，掩面而返。

不逾两月，谢玉英过哀，得病亦死，附葬于柳墓之旁。亦见玉英贞节，妓家难得，不在话下。自葬后，每年清明左右，春风骀荡，诸名姬不约而同，各备祭礼，往柳七官人坟上，挂纸钱拜扫，唤做“吊柳七”，又唤做“上风流冢”。未曾“吊柳七”“上风流冢”者，不敢到乐游原上踏青。后来成了个风俗，直到高宗南渡之后，此风方止。后人有诗题柳墓云：

乐游原上妓如云，尽上风流柳七坟。
可笑纷纷缙绅辈，怜才不及众红裙。

晏平仲二桃杀三士

大禹涂山御座开，诸侯玉帛走如雷。
防风谩有专车骨，何事兹辰最后来？

此篇言语，乃胡曾诗。昔三皇禅位，五帝相传。舜之时，洪水滔天，民不聊生。舜使鲧治水，鲧无能，其水横流。舜怒，将鲧殛于羽山，后使其子禹治水。禹疏通九河，皆流入海，三过其门而不入。会天下诸侯于会稽涂山，迟到误期者斩。惟有防风氏后至，禹怒而斩之，弃其尸于原野。后至春秋时，越国于野外，掘得一骨专车，言一车只载得一骨节。诸人不识，问于孔子，孔子曰："此防风氏骨也。被禹王斩之，其骨尚存。"有如此之大人也，当时防风氏正不知长大多少？古人长者最多，其性极淳，丑陋如兽者亦多，神农氏顶生肉角。岂不闻昔人有云："古人形似兽，却有大圣德；今人形似人，兽心不可测。"

今日说三个好汉，被一个身不满三尺之人，聊用微物，都断送了性命。昔春秋列国时，齐景公朝有三个大汉：一人姓田，名开疆，身长一丈五尺。其人生得面如噀血，目若朗星，雕嘴鱼腮，板牙无缝。比时曾随景公猎于桐山。忽然于西山之中，赶起一只猛虎来。其虎奔走，径扑景公之马。马见虎来，惊倒景公在地。田开疆在侧，不用刀枪，双拳直取猛虎。左手揪住项毛，右手挥拳而打，用脚望面门上踢，一顿打死那只猛虎，救了景公。文武百官，无不畏惧。景公回朝，封为寿宁君，是齐国第一个行霸道的。却说第二个，姓顾名冶子，身长一丈三尺，面如泼墨，腮吐黄须，手似铜钩，牙如锯齿。此人曾随景公渡黄河。忽大雨骤至，波浪汹涌，舟船将覆。景公大惊！见云雾中火块闪烁，戏于水面。顾冶子在侧，言曰："此必是黄河之蛟也。"景公曰："如之奈何？"顾冶子曰："主公勿虑，容臣斩之。"拔剑裸衣下水，少刻，风浪俱息。见顾冶子手提蛟头，跃水而出。景公大骇，封为武安君，这是齐国第二个行霸道的。第三个姓公孙名捷，身长一丈二尺，头如累塔，眼生三角，板肋猿背，力举千斤。一日，秦兵犯界，景公引军马出迎，被秦兵杀败，引军赶来，围住在凤鸣山。公孙捷用铁阕一条，约至一百五十斤，杀入秦兵之内，秦兵十万，措手不及，救出景公。封为威远君，这是齐国第三个行霸道的。这三个结为兄弟，誓说生死相托。三个不知文墨礼让，在朝廷横行，视君臣如同草木。景公见三人上殿，如芒刺在背。

一日，楚国使中大夫靳尚前来本国求和。原来齐、楚二邦乃是邻国，二国交兵二十余年，不曾解和。楚王乃命靳尚为使入见景公，奏曰："齐楚不和，交兵岁久，民有倒悬之患。今特命臣入国讲和，永息刀兵。俺楚国襟三江而带五湖，地方千里，粟支数年，足食足兵，可为上国。王可裁之，得名获利。"却说田、顾、公孙三人大怒，叱靳尚曰："量汝楚国何足道哉！吾三人亲提雄兵，将楚国践为平地，人人皆死，个个不留。”喝靳尚下殿，教金瓜武士斩讫报来。

阶下转过一人，身长三尺八寸，眉浓目秀，齿白唇红，乃齐国丞相，姓晏名婴，字平仲。前来喝住武士，备问其详。靳尚说了，晏子便教放了靳尚，先回本国，吾当亲至讲和。乃上殿奏知景公，三人大怒曰：“吾欲斩之，汝何故放还本国？”晏子曰：“岂不闻‘两国战争，不斩来使’？他独自到这里，擒住斩之，邻国知道，万世笑端。晏婴不才，凭三寸舌，亲到楚国，令彼君臣，皆顿首谢罪于阶下，尊齐为上国。并不用刀兵士马，此计若何？”三士怒发冲冠，皆叱曰：“汝乃黄口侏儒小儿，国人无眼，命汝为相，擅敢乱开大口！吾三人有诛龙斩虎之威，力敌万夫之勇，亲提精兵，平吞楚国。要汝何用？”景公曰：“丞相既出大言，必有广学。且待入楚之后，若果获利，胜似典兵。”三士曰：“且看侏儒小儿这回为使，若折了我国家气概，回来时砍为肉泥！”三士出朝。景公曰：“丞相此行，不可轻忽。”晏子曰：“主上放心。至楚邦，视彼君臣如土壤耳。”遂辞而行，从者十余人跟随。

车马已至郢都，楚国臣宰奏知。君臣商议曰：“齐晏子乃舌辨之士，可定下计策，先塞其口，令不敢来下说词。”君臣定计了，宣晏子入朝。晏子到朝门，见金门不开，下面闸板止留半段，意欲令晏子低头钻入，以显他矮小辱之。晏子望见下面便钻，从人急止之曰：“彼见丞相矮小，故以辱之，何中其计？”晏子大笑曰：“汝等岂知之耶？吾闻人有人门，狗有狗窦。使于人，即当进人门；使于狗，即当进狗窦。有何疑焉？”楚臣听之，火急开金门而接。晏子旁若无人，昂然而入。

至殿下，礼毕，楚王问曰：“汝齐国地狭人稀乎？”晏子曰：“臣齐国东连海岛，西跨魏秦，北拒赵燕，南吞吴楚；鸡鸣犬吠相闻，数千里不绝，安得为地狭耶？”楚王曰：“地土虽阔，人物却少。”晏子曰：“臣国中人呵气如云，沸汗如雨，行者摩肩，立者并迹；金银珠玉，堆积如山，安得人物稀少耶？”楚王曰：“既然地广人稠，何故使一小儿来吾国中为使耶？”晏子答曰：“使于大国者，则用大人；使于小国者，则当用小儿。因此特命晏婴到此。”楚王视臣下，无言可答。请晏婴上殿，命座。侍臣进酒，晏子欣然畅饮，不以为意。

少刻，金瓜簇拥一人至筵前，其人口称冤屈。晏子视之，乃齐国带来从者，问：“得何罪？”楚臣对曰：“来筵前作贼，盗酒器而出；被户尉所获，乃真赃正犯也。”其人曰：“实不曾盗，乃户尉图赖。”晏子曰：“真赃正犯，尚敢抵赖！速与吾牵出市曹斩之。”楚臣曰：“丞相远来，何不带诚实之人？令从者作贼，其主岂不羞颜？”晏子曰：“此人自幼跟随，极知心腹。今日为盗，

有何难见？昔在齐国是个君子，今到楚国却为小人，乃风俗之所变也。吾闻江南洞庭有一树，生一等果，其名曰橘。其色黄而香，其味甜而美。若将此树移于北方，结成果木，乃名枳实。其色青而臭，其味酸而苦。名谓南橘北枳，便分两等，乃风俗之不等也。以此推之，在齐不为盗，在楚为盗，更复何疑！”

楚王大惭，急离御座，拱手于晏子曰：“真乃贤士也。吾国中大小公卿，万不及一。愿赐见教，一听严命。”晏子曰：“王上安坐，听臣一言。齐国中有三士，皆万夫不当之勇，久欲起兵来吞楚国，吾力言不可，齐楚不睦，苍生受害，心何忍焉？今臣特来讲和，王上可亲诣齐国和亲，结为唇齿之邦，歃血为盟。若邻国加兵，互相救应，永无侵扰，可保万年之基业。若不听臣，祸不远矣。非臣相吓，愿王裁之。”王曰：“闻公之才，寡人情愿和亲。但所患者，齐三士皆无仁义之人，吾不敢去。”晏子曰：“王上放心！臣愿保驾。聊施小计，教三士死于大王之前，以绝两国之患。”楚王曰：“若三士俱亡，吾宁为小邦，年朝岁贡而无怨。”晏子许之。楚王乃大设筵席，送令先去，随后收拾进献礼物而至。

晏子先使人归报，齐景公闻之大喜，令大小公卿：“尽随吾出郭迎接丞相。”三士闻之，转怒。晏子至，景公下车而迎。慰劳已毕，同载而回。齐国之人看者塞途。晏子辞景公回府。次日入宫，见三士在阁下博戏，晏子进前施礼。三士亦不回顾，傲忽之气，旁若无人。晏子侍立久之，方自退。入见景公，说三士如此无礼。景公曰：“此三人如常带剑上殿，视吾如小儿，久必篡位矣。素欲除之，恨力不及耳。”晏子曰：“主上宽心，来朝楚国君臣皆至，可大张御宴。待臣于筵间，略施小计，令三士皆自杀，何如？”景公曰：“计将安出？”晏子曰：“此三人者皆一勇匹夫，并无谋路，若如此如此，祸必除矣。”景公喜。

次日，楚王引文武官僚百余员，车载金珠玩好之物，亲至朝门。景公请入，楚王先下拜，景公忙答礼罢，二君分宾主而坐。楚王令群臣罗拜阶下，楚王拱手伏罪曰：“二十年间，多有凶犯。今因丞相之言，特来请罪。薄礼上贡，望乞恕纳。”齐景公谢讫，大设筵宴，二国君臣相庆。三士带剑立于殿下，昂昂自若。晏子进退揖让，并不谄于三士。

酒至半酣，景公曰：“御园金桃已熟，可采来筵间食之。”须臾，一宫监金盘内捧出五枚。齐王曰：“园中桃树，今岁止收五枚，味甜气香，与他树不同。丞相捧杯进酒，以庆此桃。”上古之时，桃树难得；今园中有此五枚，为希罕之物。晏子捧玉爵行酒，先进楚王。饮毕，食其一桃。又进齐王，饮毕，食其一桃。齐主曰：“此桃非易得之物，丞相合二国和好，如此大功，可食一桃。”晏

子跪而食之，赐酒一爵。

齐王曰："齐、楚二国公卿之中，言其功勋大者，当食此桃。"田开疆挺身而出，立于筵上而言曰："昔从主公猎于桐山，力诛猛虎，其功若何？"齐王曰："擎王保驾，功莫大焉。"晏子慌忙进酒一爵，食桃一枚，归于班部。顾冶子奋然便出，曰："诛虎者未为奇，吾曾斩长蛟于黄河，救主上回故国，觑洪波巨浪，如登平地，此功若何？"王曰："此概世之功也，进酒赐桃，又何疑哉？"晏子慌忙进酒赐桃。公孙捷撩衣破步而出，曰："吾曾于十万军中，手挥铁阕，救主公出，军中无敢近者，此功若何？"齐王曰："据卿之功，极天际地，无可比者；争奈无桃可赐，赐酒一杯，以待来年。"晏子曰："将军之功最大，可惜言之太迟，以此无桃，掩其大功。"公孙捷按剑而言曰："诛龙斩虎，小可事耳。吾纵横于十万军中，如入无人之境，力救主上，建立大功，反不能食桃；受辱于两国君臣之前，为万代之耻笑，安有面目立于朝廷耶？"言讫，遂拔剑自刎而死。田开疆大惊，亦拔剑而言曰："我等微功而食桃，兄弟功大反不得食，吾之羞耻。何日可脱？"言讫，自刎而死。顾冶子奋气大呼曰："吾三人义同骨肉，誓同生死；二人既亡，吾安能自活？"言讫，亦自刎而亡。晏子笑曰："非二桃不能杀三士，今已绝虑，吾计若何？"楚王下坐，拜伏而叹曰："丞相神机妙策，安敢不伏耶？自今以后，永尊上国，誓无侵犯。"齐王将三士敕葬于东门外。

自此齐、楚连和，绝其士马，齐为霸国。晏子名扬万世，宣圣亦称其善。后来诸葛孔明曾为《梁父吟》，单道此事。

吟曰：

步出齐城门，遥望汤阴里；里中有三坟，累累正相似。问是谁家冢？田疆顾冶氏。

力能排南山，文能绝地理；一朝被谗言，二桃杀三士。谁能为此谋？相国齐晏子。

又《满江红》词一篇，古人单道此事。词云：

齐景雄风，因习战，海滨畋猎。正驱驰，忽逢猛兽，众皆惊绝。壮士开疆能奋勇，双拳杀虎身流血。救君危拜爵宠恩荣，真豪杰！顾冶子，除妖孽；强秦战，公孙捷。笑三人恃勇，在齐猖獗。只被晏婴施小巧，二桃中计皆身灭。齐东门累累有三坟，荒郊月。

初刻拍案惊奇

刘东山夸技顺城门　十八兄奇踪村酒肆

诗云：

弱为强所制，不在形巨细。
卿蛆带是甘，何曾有长喙？

话说天地间有一物，必有一制，夸不得高，恃不得强。这首诗所言“卿蛆”是甚么？就是那赤足蜈蚣，俗名“百脚”，又名“百足之虫”。这“带”又是甚么？是那大蛇，其形似带一般，故此得名。岭南多大蛇，长数十丈，专要害人。那边地方里居民，家家蓄养蜈蚣，有长尺余者，多放在枕畔或枕中。若有蛇至，蜈蚣便啧啧作声。放他出来，他鞠起腰来，首尾着力，一跳有一丈来高，便搭住在大蛇七寸内，用那铁钩也似一对钳来钳住了，吸他精血，至死方休。这数十丈长、斗来大的东西，反缠死在尺把长、指头大的东西手里，所以古语道“卿蛆甘带”，盖谓此也。

汉武帝延和三年，西胡月支国献猛兽一头，形如五六十日新生的小狗，不过比狸猫般大，拖一个黄尾儿。那国使抱在手里，进门来献。武帝见他生得猥琐，笑道：“此小物，何谓猛兽？”使者对曰：“夫威加于百禽者，不必计其大小。是以神麟为巨象之王，凤凰为大鹏之宗，亦不在巨细也。”武帝不信，乃对使者说：“试叫他发声来朕听。”使者乃将手一指。此兽舐唇摇首一会，猛发一声，便如平地上起一个霹雳；两目闪烁，放出两道电光来。武帝登时颠出亢金椅子，急掩两耳，颤一个不住。侍立左右及羽林摆立仗下军士手中所拿的东西，悉皆震落。武帝不悦，即传旨意，教把此兽付上林苑中，待群虎食之。上林苑令遵旨。只见拿到虎圈边放下，群虎一见，皆缩做一堆，双膝跪倒。上林苑令奏闻。武帝愈怒，要杀此兽。明日连使者与猛兽都不见了。猛悍到了虎豹，却乃怕此小物。所以人之膂力强弱，智术长短，没个限数。正是：强中更有强中手，莫向人前夸大口。

当时有一个举子，不记姓名地方。他生得膂力过人，武艺出众。一生豪侠好义，真正路见不平，拔刀相助。他进京会试，不带仆从，恃着一身本事，鞴着一匹好马，腰束弓箭短剑，一鞭独行。一路收拾些雉兔野味，到店肆中宿歇，便安排下酒。

一日，在山东路上，马跑得快了，赶过了宿头。至一村庄，天已昏黑，自度不可前进。只见一家人家开门在那里，灯光

射将出来。举子下了马，一手牵着。挨进看时，只见进了门，便是一大空地，空地上有三四块太湖石叠着。正中有三间正房，有两间厢房，一老婆子坐在中间绩麻。听见庭中马足之声，起身来问。举子高声道：“妈妈，小生是失路借宿的。”那老婆子道：“官人，不方便，老身做不得主。”听他言词中间，带些凄惨，举子有些疑心，便问道：“妈妈，你家男人多在那里去了？如何独自一个在这里？”老婆子道：“老身是个老寡妇，夫亡多年，只有一子，在外做商人去了。”举子道：“可有媳妇？”老婆子蹙着眉头道：“是有一个媳妇，赛得过男子，尽挣得家住。只是一身大气力，雄悍异常，且是气性粗急，一句差池，经不得一指头，擦着便倒。老身虚心冷气，看他眉头眼后，常是不中意，受他凌辱的。所以官人借宿，老身不敢做主。”说罢，泪如雨下；举子听得，不觉双眉倒竖，两眼圆睁，道：“天下有如此不平之事！恶妇何在？我为尔除之。”遂把马拴在庭中太湖石上了，拔出剑来。老婆子道：“官人不要太岁头上动土，我媳妇不是好惹的。他不习女工针指，每日午饭已毕，便空身走去山里寻几个獐鹿兽兔还家，腌腊起来，卖与客人，得几贯钱。常是一二更天气才得回来。日逐用度，只靠着他这些，所以老身不敢逆他。”举子按下剑，入了鞘，道：“我生平专一欺硬怕软，替人出力，谅一个妇女，到得那里？既是妈妈靠他度日，我饶他性命，不杀他，只痛打他一顿，教训他一番，使他改过性子便了。”老婆子道：“他将次回来了，只劝官人莫惹事的好。”

举子气忿忿地等着。只见门外一大黑影，一个人走将进来，将肩上叉口也似一件东西往庭中一摔，叫道：“老嬷，快拿火来，收拾行货！”老婆子战兢兢地道：“是甚好物事呀？”把灯一照，吃了一惊，乃是一只死了的斑斓猛虎。说时迟，那时快，那举子的马在火光里看见了死虎，惊跳不住起来。那人看见便道：“此马何来？”举子暗里看时，却是一个黑长妇人。见他模样，又背了个死虎来，忖道：“也是个有本事的。”心里就有几分惧他。忙走去带开了马，缚住了，走向前道：“小生是失路的举子，趄过宿头，幸到宝庄。见门尚未阖，斗胆求借一宿。”那妇人笑道：“老嬷好不晓事！既是个贵人，如何更深时候，叫他在露天立着？”指着死虎道：“贱婢今日山中，遇此泼花团，争持多时，才得了当。归得迟些个，有失主人之礼，贵人勿罪。”举子见他语言爽恺，礼度周全，暗想道：“也不是不可化诲的。”连声道：“不敢，不敢。”

妇人走进堂，提一把椅来，对举子道：“该请进堂里坐。只是妇姑两人都是女流，男女不可相混，屈在廊下一坐罢。”又掇张桌来，放在面前，点个灯来安下。然后下庭中来，双

手提了死虎，到厨下去了。须臾之间，烫了一壶热酒，托出一个大盘来，内有热腾腾的一盘虎肉，一盘鹿脯，又有些腌腊雉兔之类五六碟，道：“贵人休嫌轻亵则个。”举子见他殷勤，接了自斟自饮。须臾间酒尽肴完，举子拱手道：“多谢厚款。”那妇人道：“惶愧，惶愧。”便将了盘来，收拾桌上碗盏。举子乘间便说道：“看娘子如此英雄，举止恁地贤明，怎么尊卑分上觉得欠些个？”那妇人将盘一搠，且不收拾，怒目道：“适间老死魅曾对贵人说些甚谎么？”举子忙道：“这是不曾，只是看见娘子称呼词色之间，甚觉轻倨，不像个婆媳妇道理。及见娘子待客周全，才能出众，又不像个不近道理的，故此好言相问一声。”

那妇人见说，一把扯了举子的衣袂，一只手移着灯，走到太湖石边来，道：“正好告诉一番。”举子一时间挣扎不脱，暗道：“等他说得没理时，算计打他一顿。”只见那妇人倚着太湖石，就在石上拍拍手道：“前日有一事，如此如此，这般这般，是我不是，是他不是？”道罢，便把一个食指向石上一划道：“这是一件了。”划了一划，只见那石皮乱爆起来，已自抠去了一寸有余深。连连数了三件，划了三划，那太湖石上便似锥子凿成一个“川”字，斜看来又是“三”字，足足皆有寸余，就像镌刻的一般。那举子惊得浑身汗出，满面通红，连声道：“都是娘子的是。”把一片要与他分个皂白的雄心，好像一桶雪水淋头一淋，气也不敢抖了。妇人说罢，擎出一张匡床来，与举子自睡。又替他喂好了马。却走进去与老婆子关了门，息了火睡了。

举子一夜无眠，叹道：“天下有这等大力的人！早是不曾与他交手，不然，性命休矣。”巴到天明，鞴了马，作谢了，再不说一句别的话，悄然去了。自后收拾了好些威风，再也不去惹闲事管，也只是怕逢着车庶似他的吃了亏。

今日说一个恃本事说大话的，吃了好些惊恐，惹出一场话柄来。正是：

虎为百兽尊，百兽伏不动。
若逢狮子吼，虎又全没用。

话说国朝嘉靖年间，北直隶河间府交河县一人，姓刘名嵚，叫做刘东山，在北京巡捕衙门里当一个缉捕军校的头。此人有一身好本事，弓马熟闲，发矢再无空落，人号他连珠箭。随你异常狠盗，逢着他便如瓮中捉鳖，手到擒来，因此也积趱得有些家事。年三十余，觉得心里不耐烦做此道路，告脱了，在本县去别寻生理。

一日，冬底残年，赶着驴马十余头到京师转卖，约卖得一百多两银子。交易完了，至顺城门(即宣武门)雇骡归家。在骡马主人店中，遇见一个邻舍张二郎入京来，同在店买饭吃。二郎问道："东山何往？"东山把前事说了一遍，道："而今在此雇骡，今日宿了，明日走路。"二郎道："近日路上好生难行，良乡、郸州一带，盗贼出没，白日劫人。老兄带了偌多银子，没个做伴，独来独往，只怕着了道儿，放仔细些！"东山听罢，不觉须眉开动，唇齿奋扬，把两只手捏了拳头，做一个开弓的手势，哈哈大笑道："二十年间，张弓追讨，矢无虚发，不曾撞个对手。今番收场买卖，定不到得折本。"店中满座听见他高声大喊，尽回头来看。也有问他姓名的，道："久仰，久仰。"二郎自觉有些失言，作别出店去了。

东山睡到五更头，爬起来，梳洗结束，将银子紧缚裹肚内，扎在腰间，肩上挂一张弓，衣外挎一把刀，两膝下藏矢二十簇，拣一个高大的健骡，腾地骑上，一鞭前走。走了三四十里，来到良乡。只见后头有一人奔马赶来，遇着东山的骡，便按辔少驻。东山举目觑他，却是一个二十岁左右的美少年，且是打扮得好。但见：

黄衫毡笠，短剑长弓。箭房中新矢二十余枝，马额上红缨一大簇。裹腹闹装灿烂，是个白面郎君；恨人紧辔喷嘶，好匹高头骏骑！

东山正在顾盼之际，那少年遥叫道："我们一起走路则

个。”就向东山拱手道：“造次行途，愿问高姓大名。”东山答道：“小可姓刘名嵚，别号东山，人只叫我是刘东山。”少年道：“久仰先辈大名，如雷贯耳，小人有幸相遇，今先辈欲何往？”东山道：“小可要回本籍交河县去。”少年道：“恰好，恰好。小人家住临淄，也是旧族子弟。幼年颇曾读书，只因性好弓马，把书本丢了。三年前带了些资本，往京贸易，颇得些利息，今欲归家婚娶，正好与先辈作伴同路行去，放胆壮些。直到河间府城，然后分路。有幸，有幸。”东山一路看他腰间沉重，语言温谨，相貌俊逸，身才小巧，谅道不是歹人。且路上有伴，不至寂寞，心上也欢喜，道：“当得相陪。”是夜一同下了旅店，同一处饮食歇宿，如兄若弟，甚是相得。

明日，并辔出涿州。少年在马上问道：“久闻先辈最善捕贼，一生捕得多少？也曾撞着好汉否？”东山正要夸逞自家手段，这一问揉着痒处，且量他年小可欺，便侈口道：“小可生平，两只手，一张弓，拿尽绿林中人，也不记其数，并无一个对手。这些鼠辈，何足道哉！而今中年心懒，故弃此道路。倘若前途撞着，便中拿个把儿你看手段！”少年但微微冷笑道：“原来如此。”就马上伸手过来，说道：“借肩上宝弓一看。”东山在骡上递将过来。少年左手把住，右手轻轻一拽就满，连放连拽，就如一条软绢带。东山大惊失色，也借少年的弓过来看看。那少年的弓约有二十斤重，东山用尽平生之力，面红耳赤，不要说扯满，只求如初八夜头的月，再不能勾。东山惶恐无地，吐舌道：“使得好硬弓也！”便向少年道：“老弟神力，何至于此！非某所敢望也。”少年道：“小人之力，何足称神？先辈弓自太软耳。”东山赞叹再三，少年极意谦谨，晚上又同宿了。

至明日又同行，日西时过雄县。少年拍一拍马，那马腾云也似前面去了。东山望去，不见了少年。他是贼窠中弄老了的，见此行止，如何不慌？私自道：“天教我这番倒了架也！倘是个不良人，这样神力，如何敌得？势无生理。”心上正如十五个吊桶打水，七上八落的。没奈何，迍迍行去。

行得一二铺，遥望见少年在百步外，正弓挟矢，扯个满月，向东山道：“久闻足下手中无敌，今日请先听箭风。”言未罢，飕的一声，东山左右耳根但闻肃肃如小鸟前后飞过，只不伤着东山。又将一箭引满，正对东山之面，大笑道：“东山晓事人，腰间骡马钱快送我罢，休得动手。”东山料是敌他不过，先自慌了手脚，只得跳下鞍来，解了腰间所系银袋，双手捧着，膝行至少年马前，叩头道：“银钱谨奉，好汉将去，只求饶命！”少年马上伸手提了银包，大喝道：“要你性命做甚？快走！快走！你老子有事在此，不得同儿子前行了。”掇转马头，向北一道烟跑。但见一路黄尘滚滚，霎时不见踪影。

东山呆了半晌，捶胸跌足起来，道：“银钱失去也罢，叫我如何做人？一生好汉名头，到今日弄坏，真是张天师吃鬼迷了。可恨！可恨！”垂头丧气，有一步没一步的，空手归交河。

到了家里，与妻子说知其事，大家懊恼一番。夫妻两个商量，收拾些本钱，在村郊开个酒铺，卖酒营生，再不去张弓挟矢了。又怕有人知道，坏了名头，也不敢向人说着这事，只索罢了。

过了三年，一日正值寒冬天道，有词为证：

霜瓦鸳鸯，风帘翡翠，今年早是寒少。矮钉明窗，侧开朱户，断莫乱教人到。重阴未解，云共雪商量不少。青帐垂毡要密，红幕放围宜小。

——词寄《天香前》

却说冬日间东山夫妻正在店中卖酒，只见门前来了一伙骑马的客人，共是十一个。个个骑的是自鞴的高头骏马，鞍辔鲜明；身上俱紧束短衣，腰带弓矢刀剑。次第下了马，走入肆中来，解了鞍舆。刘东山接着，替他赶马归槽。后生自去剿草煮豆，不在话下。内中只有一个未冠的人，年纪可有十五六岁，身长八尺，独不下马，对众道：“弟十八自向对门住休。”众人都答应一声道：“咱们在此少住，便来服侍。”只见其人自走出门去了。

十人自来吃酒。主人安排些鸡、豚、牛、羊肉来做下酒。须臾之间，狼飧虎咽，算来吃够有六七十斤的肉，倾尽了六七坛的酒，又叫主人将酒肴送过对门楼上，与那未冠的人吃。

众人吃完了店中东西，还叫未畅，遂开皮囊，取出鹿蹄、野雉、烧兔等物，笑道："这是我们的东道，可叫主人来同酌。"东山推逊一回，才来坐下。把眼去逐个瞧了一瞧，瞧到北面左手那一人，毡笠儿垂下，遮着脸不甚分明。猛见他抬起头来，东山仔细一看，吓得魂不附体，只叫得苦。你道那人是谁？正是在雄县劫了骡马钱去的那一个同行少年。东山暗想道："这番却是死也！我些些生计，怎禁得他要起？况且前日一人尚不敢敌，今人多如此，想必个个是一般英雄，如何是了？"心中忒忒的跳，真如小鹿儿撞。面向酒杯，不敢则一声，众人多起身与主人劝酒。

坐定一会，只见北面左手坐的那一个少年把头上毡笠一掀，呼主人道："东山别来无恙么？

往昔承挈同行周旋，至今想念。”东山面如土色，不觉双膝跪下道：“望好汉恕罪！”少年跳离席间，也跪下去，扶起来，挽了他手道：“快莫要作此状！快莫要作此状！羞死人。昔年俺们众兄弟在顺城门店中，闻卿自夸手段天下无敌。众人不平，却教小弟在途间作此一番轻薄事，与卿作耍，取笑一回。然负卿之约，不到得河间。魂梦之间，还记得与卿并辔任丘道上。感卿好情，今当还卿十倍。”言毕，即向囊中取出千金，放在案上，向东山道：“聊当别来一敬，快请收进。”东山如醉如梦，呆了一晌，怕又是取笑，一时不敢应承。那少年见他迟疑，拍手道：“大丈夫岂有欺人的事？东山也是个好汉，直如此胆气虚怯！难道我们弟兄直到得真个取你的银子不成？快收了去。”刘东山见他说话说得慷慨，料不是假，方才如醉初醒，如梦方觉，不敢推辞。走进去与妻子说了，就叫他出来同收拾了进去。

安顿已了，两人商议道：“如此豪杰，如此恩德，不可轻慢。我们再须杀牲开酒，索性留他们过宿，顽耍几日则个。”东山出来称谢，就把此意与少年说了，少年又与众人说了。大家道：“即是这位弟兄故人，有何不可？只是还要去请问十八兄一声。”便一齐走过对门与未冠的那一个说话。

东山随了去，看这些人见了那个未冠的，甚是恭谨；那未冠的待他众人，甚是庄重。众人把主人要留他们过宿顽耍的话说了，那未冠的说道：“好，好，不妨。只是酒醉饭饱，不要贪睡，负了主人殷勤之心。少有动静，俺腰间两刀有血吃了。”众人齐声道：“弟兄们理会得。”东山一发莫测其意。

众人重到肆中，开怀再饮。又携酒到对门楼上。众人不敢陪，只是十八兄自饮。算来他一个吃的酒肉，比得店中五个人。十八兄吃阑，自探囊中取出一个纯银笊篱来，煽起炭火，做煎饼自啖，连啖了百余个。收拾了，大踏步出门去，不知所向。直到天色将晚，方才回来，重到对门住下，竟不到刘东山家来。众人自在东山家吃耍，走去对门相见，十八兄也不甚与他们言笑，大是倨傲。

东山疑心不已，背地扯了那同行少年，问他道："你们这个十八兄，是何等人？"少年不答应，反去与众人说了，各各大笑起来。不说来历，但高声吟诗曰："杨柳桃花相间出，不知若个是春风？"吟毕，又大笑。

住了三日，俱各作别了，结束上马。未冠的在前，其余众人在后，一拥而去。东山到底不明白。却是骤得了千来两银子，手头从容；又怕生出别事来，搬在城内另做营运去了。后来见人说起此事，有识得的道："详他两句语意，是个'李'字；况且又称十八兄。想必未冠的那人，姓李，是个为头的了。看他对众的说话，他恐防有人暗算，故在对门，两处住了，好相照察。亦且不与十人作伴同食，有个尊卑的意思。夜间独出，想又去做得甚么勾当来，却也没处查他的确。"

那刘东山一生英雄，遇此一番，过后再不敢说一句武艺上头的话，弃弓折箭，只是守着本分营生度日，后来善终。可见人生一世，再不可自恃高强。那自恃的，只是不曾逢着狠主子哩！有诗单说这刘东山道：

生平得尽弓矢力，直到下场逢大敌。
人世休夸手段高，霸王也有悲歌日。

又有诗说这少年道：

英雄从古轻一掷，盗亦有道真堪述。
笑取千金偿百金，途中竟是好相识。

宣徽院仕女秋千会　清安寺夫妇笑啼缘

诗曰：

闻说氤氲使，专司夙世缘。
岂徒生作合，惯令死重还。
顺局不成幻，逆施方见权。
小儿称造化，于此信其然。

话说人世婚姻前生定，难以强求。不该是姻缘的，随你用尽机谋，坏尽心术，到底没收场。及至该是姻缘的，虽是被人扳障，受人离间，却又散的弄出合来，死的弄出活来。从来传奇小说上边，如《倩女离魂》，活的弄出魂去，成了夫妻；如《崔护渴浆》，死的弄转魂来，成了夫妻。奇奇怪怪，难

以尽述。

只如《太平广记》上边说，有一个刘氏子，少年任侠，胆气过人。好的是张弓挟矢、驰马试剑、飞觞蹴鞠诸事。交游的人，总是些剑客、博徒、杀人不偿命的亡赖子弟。一日游楚中，那楚俗习尚，正与相合。就有那一班儿意气相投的人，成群聚党，如兄若弟往来。有人对他说道：“邻人王氏女美貌，当今无比。”刘氏子就央座中人为媒，去求聘他。那王家道：“虽然此人少年英勇，却闻得行径古怪，有些不务实，恐怕后来惹出事端，误了女儿终身。”坚执不肯。那女儿久闻得此人英风义气，到有几分慕他，只碍着爹娘做主，无可奈何。那媒人回复了刘氏子。刘氏子是个猛烈汉子，道：“不肯便罢，大丈夫怕没有好妻！愁他则甚？”一些不放在心上。

又到别处闲游了几年。其间也就说过几家亲事，高不凑，低不就，一家也不曾成得，仍旧到楚中来。那邻人王氏女虽然未嫁，已许下人了。刘氏子闻知也不在心上。这些旧时朋友见刘氏子来了，都来访他，仍旧联肩叠背，日里合围打猎，猎得些獐、鹿、雉、兔，晚间就烹炮起来，成群饮酒，没有三四鼓不肯休歇。

一日打猎归来，在郭外十余里一个林子里，下马少憩。只见树木阴惨，境界荒凉。有六七个土堆，多是雨淋泥落，尸棺半露；也有棺木毁坏，尸骸尽见的。众人看了道：“此等地面，亏是日间；若是夜晚独行，岂不怕人！”刘氏子道：“大丈夫神钦鬼伏，就是黑夜，有何怕惧？你看我今日夜间，偏要到此处走一遭。”众人道：“刘兄虽然有胆气，怕不能如此。”

刘氏子道：“你看我今夜便是。”众人道：“以何物为信？”刘氏子就在古墓上取墓砖一块，题起笔来，把同来众人名字多写在上面，说道：“我今带了此砖去，到夜间我独自送将来。”指着一个棺木道：“放在此棺上，明日来看便是。我送不来，我输东道，请你众位；我送了来，你众位输东道，请我。见放着砖上名字，挨名派分，不怕少了一个。”众人都笑道：“使得，使得。”说罢，只听得天上隐隐雷响，一齐上马，回到刘氏子下处。又将射猎所得，烹宰饮酒。

霎时间，雷雨大作。几个霹雳，震得屋宇都是动的。众人戏刘氏子道：“刘兄日间所言，此时怕铁好汉也不敢去。”刘氏子道：“说那里话！你看我雨略住就走。”果然阵头过，雨小了，刘氏持了日间墓砖，出门就走。众人都笑道：“你看他那里演帐演帐，回来捣鬼，我们且落得吃酒。”

果然，刘氏子使着酒性，一口气走到日间所歇墓边，笑道：“你看这伙懦夫！不知有何惧怕，便道到这里来不得。”此时雷雨已息，露出星光微明。正要将砖放在棺上，只见棺上有一件东西蹲踞在上面。刘氏子摸了一摸道：“奇怪！是甚物件？”暗中手捻捻看，却象是个衣衾之类裹着甚东西。两手合抱将来，约有七八十斤重，笑道：“不拘是甚物件，且等我背了他去与他们看看，等他们就晓得，省得直到明日才信。”他自恃膂力，要吓这班人，便把砖放了，一手拖来，背在背上，大踏步便走。

到得家来，已是半夜。众人还在那里呼红叫六的吃酒，听得外边脚步响，晓得刘氏子已归，恰像负着重东西走的。

正在疑惑间，门开处，刘氏子直到灯前，放下背上所负在地。灯下一看，却是一个簇新衣服的女人死尸。可也奇怪，挺然卓立，更不僵仆。一座之人，猛然抬头见了，个个惊得屁滚尿流，有的逃躲不及。刘氏子再把灯细细照着死尸面孔，只见脸上脂粉新施，形容甚美，只是双眸紧闭，口中无气，正不知是甚么缘故。众人都怀惧怕道："刘兄恶取笑，不当人子！怎么把一个死人背在家里来吓人？快快仍背了出去！"刘氏听了大笑道："此乃吾妻也！我今夜还要与他同衾共枕，怎么舍得负了出去？"说罢，就裸起双袖，一抱抱将上床来。与他做了一头，口对了口，果然做一被睡下了。他也只要在众人面前卖弄胆壮，故意如此做作。众人又怕又笑，说道："好无赖贼，直如此大胆不怕！拚得输东道与你罢了，何必做出此渗濑勾当？"刘氏子凭众人自说，只是不理，自睡了，众人散去。

刘氏子与死尸睡到了四鼓。那死尸得了生人之气，口鼻里渐渐有起气来。刘氏子骇异，忙把手摸他心头，却是温温的。刘氏子道："惭愧！敢怕还活转来？"正在疑虑间，那女人四肢已自动了。刘氏子越吐着热气接他，果然翻个身活将起来，道："这是那里？我却在此！"刘氏子问其姓名，只是含羞不说。

须臾之间，天大明了。只见昨夜同席这干人有几个走来道："昨夜死尸在那里？元来有这样异事！"刘氏子且把被遮着女人，问道："有何异事？"那些人道："元来昨夜邻人王氏之女嫁人，梳妆已毕，正要上轿，忽然急心疼死了。

未及殡殓，只听得一声雷响，不见了尸首，至今无寻处。昨夜兄背来死尸，敢怕就是！”刘氏子大笑道：“我背来是活人，何曾是死尸！”众人道：“又来调喉！”刘氏子扯开被与众人看时，果然是一个活人。众人道“又来奇怪！”因问道：“小娘子谁氏之家？”那女子见人多了，便说出话来道：“奴是此间王家女。因昨夜一个头晕，跌倒在地。不知何缘在此？”刘氏子又大笑道：“我昨夜元说道是吾妻，今说将来便是我昔年求聘的了。我何曾吊谎？”众人都笑将起来道：“想是前世姻缘，我等当为撮合。”

此话传闻出去，不多时王氏父母都来了，看见女儿是活的，又惊又喜。那女儿晓得就是前日求亲的刘生，便对父母说道：“儿身已死，还魂转来，却遇刘生。昨夜虽然是个死尸，已与他同寝半夜，也难另嫁别人了，爹妈做主则个。”众人都撺掇道：“此是天意！不可有违。”王父母遂把女儿招了刘氏子为婿，后来偕老。

可见天意有定，如此作合，倘若这夜不是暴死、大雷，王氏女已是别家媳妇了。又非刘氏子试胆作戏，就是因雷失尸，也有何涉？只因是夙世前缘，故此奇奇怪怪，颠之倒之，有此等异事。这是个父母不肯许的。又有一个父母许了又悔的，也弄得死了活转来，一念坚贞，终成夫妇。留下一段佳话，名曰《秋千会记》。正是：

精诚所至，金石为开。

贞心不寐，死后重谐。

这本话乃是元朝大德年间的事。那朝有个宣徽院使，叫做孛罗，是个色目人，乃故相齐国公之子。生自相门，穷极富贵，第宅宏丽，莫与为比。却又读书能文，敬礼贤士。一时公卿间，多称诵他好处。他家住在海子桥西，与佥判奄都剌、经历东平王荣甫三家相联，通家往来。宣徽私居后，有花园一所，名曰杏园，取“春色满园关不住，一枝红杏出墙来”之意。那杏园中花卉之奇，亭榭之好，诸贵人家所不能仰望。每年春，宣徽诸妹诸女，邀院判、经历两家宅眷，于园中设秋千之戏，盛陈饮宴，欢笑竟日。各家亦隔一日设宴还答。自二月末至清明后方罢，谓之“秋千会”。

于时有个枢密院同佥帖木儿不花的公子，叫做拜住，骑马在花园墙外走过。只闻得墙内笑声，在马上欠身一望，正见墙内秋千競就，欢哄方浓。遥望诸女，都是绝色。拜住勒住了马，潜身在柳阴中恣意偷觑，不觉多时。那管门的老园公听见墙外有马铃响，走出来看，只见这一个骑马郎君呆呆地对墙里觑着。园公认得是同佥公子，走报宣徽。宣徽急叫人赶出来。那拜住才撞见园公时，晓得有人知觉，恐怕不雅，已自打上一鞭，去得远了。

拜住归家来，对着母夸说此事，盛道宣徽诸女个个绝色。母亲解意，便道："你我正是门当户对。只消遣媒求亲，自然应允，何必望空羡慕？"就央个媒婆到宣徽家来说亲。宣徽笑道："莫非是前日骑马看秋千的？吾正要择婿，教他到吾家来看看；才貌若果好，便当许亲。"媒婆归报同佥，同佥大喜，便叫拜住盛饰仪服，到宣徽家来。

宣徽相见已毕，看他丰神俊美，心里已有几分喜欢。但未知内蕴才学如何，思量试他，遂对拜住道："足下喜看秋千，何不以此为题，赋《菩萨蛮》一调？老夫要请教则个。"拜住请笔砚出来，一挥而就。词曰：

红绳画板柔荑指，东风燕子双双起。夸俊要争高，要将裙系牢。牙床和困睡，一任金钗坠。推枕起来迟，纱窗月上时。

宣徽见他才思敏捷，韵句铿锵，心下大喜，吩咐安排盛席款待。筵席完备，待拜住以子侄之礼，送他侧首坐下，自己坐了主席。饮酒中间，宣徽想道："适间咏秋千词，虽是流丽，或者是那日看过秋千，便已有此题咏，今日偶合着题目的。不然，如何恁般来得快？真个七步之才也不过如此。待我再试他一试看。"

恰好听得树上黄莺巧啭，就对拜住道："老夫再欲求教，将《满江红》调赋莺一首。望不吝珠玉，意下如何？”拜住领命，即席赋成，拂拭剡藤，挥洒晋字，呈上宣徽。词曰：

嫩日舒晴，韶光艳、碧天新霁。正桃腮半吐，莺声初试。孤枕乍闻弦索悄，曲屏时听笙簧细。爱锦蛮柔舌韵东风，愈娇媚。幽梦醒，闲愁泥。残杏褪，重门闭。巧音芳韵，十分流丽。入柳穿花来又去，欲求好友真无计。望上林，何日得双栖？心迢递。

宣徽看见词翰两工，心下已喜，及读到末句，晓得是见景生情，暗藏着求婚之意，不觉拍案大叫道：“好佳作！真吾婿也！老夫第三夫人有个小女，名唤速哥失里，堪配君子。待老夫唤出相见则个。”就传云板，请三夫人与小姐上堂。

当下拜住拜见了岳母，又与小姐速哥失里相见了，正是秋千会里女伴中最绝色者。拜住不敢十分抬头，已自看得较切，不比

前日墙外影响，心中喜乐，不可名状，相见罢，夫人同小姐回步。

却说内宅女眷，闻得堂上请夫人、小姐时，晓得是看中了女婿。别位小姐都在门背后缝里张着看，见拜住一表非俗，个个称羡。见速哥失里进来，私下与他称喜道："可谓'门阑多喜气，女婿近乘龙'也。"合家赞美不置。

拜住辞谢了宣徽，回到家中，与父母说知。就择吉日行聘。礼物之多，词翰之雅，喧传都下，以为盛事。

谁知好事多磨，风云不测。台谏官员看见同佥富贵豪宕，上本参论他赃私。奉圣旨发下西台御史勘问，免不得收下监中。那同佥是个受用的人，怎吃得牢狱之苦？不多几日，生起病来。元来元朝大臣，在狱有病，例许题请释放。同佥幸得脱狱，归家调治；却病得重了，百药无效。不上十日，呜呼哀哉，举家号痛。谁知这病是惹的牢瘟，同佥既死，阖门染了此症。没几日就断送一个，一月之内弄个尽绝，止剩得拜住一个不死。却又被西台追赃入官，家业不勾赔偿。真个转眼间冰消瓦解，家破人亡。

宣徽好生不忍，心里要收留拜住回家成亲，教他读书，以图出身。与三夫人商议。那三夫人是个女流之辈，只晓得炎凉世态，那里管甚么大道理？心里怫然不悦。原来宣徽别房虽多，惟有三夫人是他最宠爱的，家里事务都是他主持。所以前日看上拜住，就只把他的女儿许了，也是好胜处。今日见别人的女儿多与了富贵之家，反是他女婿家里凋弊了，好生不伏气，一心要悔这头亲事，便与女儿速哥失里说知。

速哥失里不肯，哭谏母亲道："结亲结义，一与订盟，终不可改。儿见诸姊妹家荣盛，心里岂不羡慕？但寸丝为定，鬼神难欺。岂可因他贫贱，便想悔赖前言？非人所为，儿誓死不敢从命！"宣徽虽也道女儿之言有理，怎当得三夫人撒娇撒痴，把宣徽的耳朵掇了转来。那里管女儿肯不肯，别许了平章阔阔出之子僧家奴。拜住虽然闻得这事心中懊恼，自知失势，不敢相争。

那平章家择日下聘，比前番同佥之礼更觉隆盛。三夫人道："争得气来，心下方才快活。"只见平章家拣下吉期，花轿到门。速哥失里不肯上轿。众夫人、众姊妹各来相劝。速哥失里大哭一场，含着泪眼，勉强上轿。到得平章家里，宾相念了诗赋，启请新人出轿。伴娘开帘，等待再三，不见抬身。攒头轿内看时，叫声："苦也！"原来，速哥失里在轿中偷解缠脚纱带，缢颈而死，已此绝气了，慌忙报与平章。连平章没做道理处，叫人去报宣徽。那三夫人见说，儿天儿地哭将起来。急忙叫人追轿回来，急解脚缠，将姜汤灌下去。牙关紧闭，眼见得不醒。三夫人哭得昏晕了数次，无可奈何，只得买了一副重价的棺木，尽将平日房奁首饰珠玉及两番夫家聘物，尽情纳在棺内入殓，将棺木暂寄清安寺中。

且说拜住在家，闻得此变，情知小姐为彼而死，晓得柩寄清安寺中，要去哭他一番。是夜来到寺中，见了棺柩，不觉伤心，抚膺大恸，真是哭得：三生诸佛都垂泪，满房禅侣尽长吁。哭罢，将双手扣棺道："小姐阴灵不远，拜住在此。"只听得棺内低低应道："快开了棺，我已活了。"拜住听得明白，欲要开时，将棺木四围一看，漆钉牢固，难以动手。乃对本房主僧说道：“棺中小姐，原是我妻屈死。今棺中说道已活，我欲开棺。独自一人难以着力，须求师父们帮助。”僧道：“此宣徽院小姐之棺，谁敢私开？开棺者须有罪。”拜住道，“开棺之罪，我一力当之，不致相累；况且暮夜无人知觉。若小姐果活了，放了出来，棺中所有，当与师辈共分；若是不活，也等我见他一面，仍旧盖上，谁人知道？”那些僧人见说共分所有，他晓得棺中随殓之物甚厚，也起了利心；亦且拜住兴头时与这些僧人也是门徒施主，不好违拗。便将一把斧头，把棺盖撬将开来。只听划然一声，棺盖开处，速哥失里便在棺内坐了起来。见了拜住，彼此喜极。拜住便说道：“小姐再生之庆，果是冥数，也亏得寺僧助力开棺。”小姐便脱下手上金钏一对及头上首饰一半，谢了僧人。剩下的还值数万两。拜住与小姐商议道：“本该报宣徽得知，只是恐怕有变。而今身边有财物，不如瞒着远去。只央寺僧买些漆来，把棺木仍旧漆好，不说出来。神不知，鬼不觉，此为上策。”寺僧受了重贿，无有不依，照旧把棺木漆得光净牢固，并不露一些风声。

拜住遂挈了速哥失里，走到上都寻房居住。那时身边丰厚，拜住又寻了一馆，教着蒙古生数人，复有月俸，家道从容，尽可过日。夫妻两个，你恩我爱，不觉已过一年，也无人晓得他的事，也无人晓得甚么宣徽之女，同佥之子。

却说宣徽自丧女后，心下不快，也不去问拜住下落。好些时不见了他，只说是流离颠沛，连存亡不可保了。一日，旨意下来，拜宣徽做开平尹。宣徽带了家眷赴任。那府中事体烦杂，宣徽要请一个馆客做记室，代笔札之劳。争奈上都是个极北夷方，那里寻得个儒生出来？访有多日，有人对宣徽道："近有个士人，自大都挈家寓此，也是个色目人，设帐民间，极有学问。府君若要觅西宾，只有此人可以充得。"宣徽大喜，差个人拿帖去，快请了来。

拜住看见了名帖，心知正是宣徽，忙对小姐说知了。穿着整齐，前来相见。宣徽看见，认得是拜住，吃了一惊，想道："我几时不见了他，道是流落死亡了，如何得衣服济楚，容色充盛如此？"不觉追念女儿，有些伤感起来。便对拜住道："昔年有负足下，反累爱女身亡，惭恨无极！今足下何因在此？曾有亲事未曾？"拜住道："重蒙垂念，足见厚情。小婿不敢相瞒，令爱不亡，见同在此。"宣徽大惊道："那有此话！小女当日自缢，今尸棺见寄清安寺中，那得有个活的在此间？"拜住道："令爱小姐与小婿实是夙缘未绝，得以重生，今见在寓所，可以即来相见，岂敢有诳！"

宣徽忙走进去，与三夫人说了。大家不信。拜住又叫人去对小姐说了，一乘轿竟抬入府衙里来，惊得合家人都上前来争看，果然是速哥失里。那宣徽与三夫人不管是人是鬼，且抱着头哭做了一团。哭罢，定睛再看，看去身上穿戴的，还是殓时之物，行步有影，衣衫有缝，言语有声，料想真是个活人了。那三夫人道："我的儿，就是鬼，我也舍不得放你了！"只有宣徽是个读书人见识，终是不信，疑心道："此是屈死之鬼，所以假托人形，幻惑年少。"口里虽不说破，却暗地使人到大都清安寺问僧家的缘故。僧家初时抵赖，后见来人说道已自相逢厮认了，才把真心话一一说知。来人不肯便信，僧家把棺木撬开与他看。只见是个空棺，一无所有。回来报知宣徽道："此情是实。"宣徽道："此乃宿世前缘也！难得小姐一念不移，所以有此异事，早知如此，只该当初依我说收养了女婿，怎见得有此多般？"三夫人见说，自觉没趣，懊悔无极，把女婿越看待得亲热，竟赘他在家中终身。

后来速哥失里与拜住生了三子。长子教化，仕至辽阳等处行中省左丞；次子忙古歹，幼子黑厮，俱为内怯薛带御器械。教化与忙古歹先死，黑厮直做到枢密院使。天兵至燕，元顺帝御清宁殿，集三宫皇后太子同议避兵。黑厮与丞相失列门哭谏道："天下者，世祖之天下也！当以死守。"顺帝不听，夜半开建德门遁去，黑厮随入沙漠，不知所终。

平章府轿抬死女，清安寺漆整空棺。

若不是生前分定，几曾有死后重欢！

屈突仲任酷杀众生 郓州司马冥全内侄

诗云：

众生皆是命，畏死有同心。
何以贪饕者，冤仇结必深？

话说世间一切生命之物，总是天地所生，一样有声有气、有知有觉，但与人各自为类。其贪生畏死之心，总只一般；衔恩记仇之报，总只一理。只是人比他灵慧机巧些，便能以术相制，弄得驾牛络马，牵苍走黄，还道不足，为着一副口舌，不知伤残多少性命。这些众生，只为力不能抗拒，所以任凭刀俎。然到临死之时，也会乱飞乱叫，

各处逃藏，岂是蠢蠢不知死活任你食用的？乃世间贪嘴好杀之人，与迂儒小生之论，道："天生万物以养人，食之不为过。"这句说话，不知还是天帝亲口对他说的，还是自家说出来的？若但道"是人能食物，便是天意养人"，那虎豹能食人，难道也是天生人以养虎豹的不成？蚊虻能嘬人，难道也是天生人以养蚊虻不成？若是虎豹蚊虻也一般会说会话、会写会做，想来也要是这样讲了，不知人肯服不肯服？从来古德长者劝人戒杀放生，其话尽多，小子不能尽述，只趁口说这几句直捷痛快的与看官们笑一笑，看说的可有理没有理？至于佛家果报说六道众生，尽是眷属，冤冤相报，杀杀相寻，就说他几年也说不了。小子而今说一个怕死的众生，与人性无异的，随你铁石做心肠，也要慈悲起来。

宋时，太平府有个黄池镇，十里间有聚落，多是些无赖之徒，不逞宗室、屠牛杀狗所在。淳熙十年间，王叔端与表兄盛子东同往宁国府，过其处，少憩闲览，见野园内系水牛五头。盛子东指其中第二牛，对王叔端道："此牛明日当死。"叔端道："怎见得？"子东道："四牛皆食草，独此牛不食草，只是眼中泪下，必有其故。"因到茶肆中吃茶，就问茶主人："此第二牛是谁家的？"茶主人道："此牛乃是赵三使所买，明早要屠宰了。"子东对叔端道："如何？"明日再往，止剩得四头在了。仔细看时，那第四牛也像昨日的一样不吃草，眼中泪出。看见他两个踱来，把双蹄跪地，如拜诉的一般。复问，茶肆中人说道："有一个客人，今早至此，一时买了三头，只剩下这头，早晚也要杀了。"子东叹息道："畜类有知如此！”劝叔端访他主人，与他重价买了，置在近庄，做了长生的牛。

只看这一件事起来，可见畜生一样灵性，自知死期，一样悲哀，祈求施主。如何而今人歪着肚肠，只要广伤性命，暂侈口腹，是甚缘故？敢道是阴间无对证么？不知阴间最重杀生，对证明明白白。只为人死去，既遭了冤对，自去一一偿报，回生的少。所以人多不及知道，对人说也不信了，小子如今说个回生转来，明白可信的话。正是：

一命还将一命填，世人难解许多冤。
闻声不食吾儒法，君子期将不忍全。

唐朝开元年间，温县有个人，复姓屈突，名仲任，父亲曾典郡事，只生得仲任一子，怜念其少，恣其所为。仲任性不好书，终日只是樗蒲射猎为事。父死时，家僮数十人，家资数百万，庄第甚多。仲任纵情好色，荒饮博戏，如汤泼雪。不数年间，把家产变卖已尽；家僮仆妾之类，也多养口不活，各自散去。止剩得温县这一个庄，又渐渐把四周附近田畴多卖去了，过了几时，连庄上零星屋宇及楼房内室也拆来卖了，止是中间一正堂岿然独存，连庄子也不成模样了。家贫无计可以为生。

仲任多力，有个家僮叫莫贺咄，是个蕃夷出身，也力敌百人，主仆两个好生说得着，大家各恃膂力，便商量要做些不本分的事体来。却也不爱去打家劫舍，也不爱去杀人放火。

他爱吃的是牛马肉，又无钱可买，思量要与莫贺咄外边偷盗去。每夜黄昏后，便两人合伴，直走去五十里外，遇着牛，即执其两角，番负在背上，背了家来；遇马骡，将绳束其颈，也负在背。到得家中，投在地上，都是死的。又于堂中崛地，埋几个大瓮在内，安贮牛马之肉，皮骨剥剔下来，纳在堂后大坑，或时把火焚了。初时只图自己口腹畅快，后来偷得多起来，便叫莫贺咄拿出城市换米来吃，卖钱来用，做得手滑，日以为常，当做了是他两人的生计了。亦且来路甚远，脱膊又快，自然无人疑心，再也不弄出来。

仲任性又好杀，日里没事得做，所居堂中，弓箭、罗网、叉弹满屋，多是千方百计思量杀生害命。出去走了一番，再没有空手回来的，不论獐鹿兽兔、乌鸢鸟雀之类，但经目中一见，毕竟要算计弄来吃他。但是一番回来，肩担背负，手提足系，无非是些飞禽走兽，就堆了一堂屋角。两人又去舞弄摆布，思量巧样吃法。就是带活的，不肯便杀一刀、打一下死了罢。毕竟多设调和妙法：或生割其肝，或生抽其筋，或生断其舌，或生取其血。道是一死便不脆嫩。假如取得生鳖，便将绳缚其四足，绷住在烈日中晒着，鳖口中渴甚，即将盐酒放在他头边，鳖只得吃了，然后将他烹起来。鳖是里边醉出来的，分外好吃。取驴缚于堂中，面前放下一缸灰水，驴四围多用火逼着，驴口干即饮灰水，须臾，尿溺齐来，把他肠胃中污秽多荡尽了。然后取酒调了椒盐各味，再复与他，他火逼不过，见了只是吃，性命未绝，外边皮肉已熟，里头调和也有了。一日拿得一刺猬，他浑身是硬刺，不便烹宰。仲任与莫贺咄商量道："难道便是这样罢了不成？"想起一法来，把泥着些盐在内，跌成熟团，把刺猬团团泥裹起来，火里煨着。烧得熟透了，除去外边的泥，只见猬皮与刺皆随泥脱了下来，剩的是一团熟肉。加了盐酱，且是好吃。凡所作为，多是如此。有诗为证：

捕飞逐走不曾停，身上时常带血腥。
且是烹庖多有术，想来手段会调羹。

且说仲任有个姑夫，曾做郓州司马，姓张名安。起初看见仲任家事渐渐零落，也要等他晓得些苦辣，收留他去，劝化他回头做人家。及到后来，看见他所作所为，越无人气，时常规讽，只是不听，张司马怜他是妻兄独子，每每挂在心上，怎当他气类异常，不是好言可以谕解，只得罢了。后来司马已死，一发再无好言到他耳中，只是逞性胡为，如此十多年。

忽一日，家僮莫贺咄病死，仲任没了个帮手，只得去寻了个小时节乳他的老婆婆来守着堂屋，自家仍去独自个做那些营生。过得月余，一日晚，正在堂屋里吃牛肉，忽见两个青衣人，直闯将入来，将仲任套了绳子便走。仲任自恃力气，欲待打挣，不知这时力气多在那里去了，只得软软随了他走。正是：

有指爪劈开地面，会腾云飞上青霄。
若无入地升天术，目下灾殃怎地消？

仲任口里问青衣人道："拿我到何处去？"青衣人道："有你家家奴扳下你来，须去对理。"仲任茫然不知何事。

随了青衣人，来到一个大院。厅事十余间，有判官六人，每人据二间。仲任所对在最西头二间，判官还不在，青衣人叫他且立堂下。有顷，判官已到。仲任仔细一认，叫声："啊呀！如何却在这里相会？"你道那判官是谁？正是他那姑夫郓州司马张安。那司马也吃了一惊道："你几时来了？"引他登阶，对他道："你此来不好，你年命未尽，想为对事而来。却是在世为恶无比，所杀害生命千千万万，冤家多在。今忽到此，有何计较可以相救？"仲任才晓得是阴府，心里想着平日所为，有些惧怕起来，叩头道："小侄生前，不听好言，不信有阴间地府，妄作妄行。今日来到此处，望姑夫念亲戚之情，救拔则个。"张判官道："且不要忙，待我与众判官商议看。"

因对众判官道："仆有妻侄屈突仲任，造罪无数，今召来与奴莫贺咄对事。却是其人年命亦未尽，要放他去了，等他阳寿尽才来。只是既已到了这里，怕被害这些冤魂不肯放他。怎生为仆分上，商量开得一路放他生还么？"众判官道："除非召明法者与他计较。"

张判官叫鬼卒唤明法人来。只见有个碧衣人前来参见，张判官道："要出一个年命未尽的罪人，有路否？"明法人请问何事，张判官把仲任的话对他说了一遍。明法人道："仲任须为对莫贺咄事而来，固然阳寿未尽，却是冤家太广，只怕一与相见，群至沓来，不由分说，恣行食啖。此皆宜偿之命，冥府不能禁得，料无再还之理。"张判官道："仲任既系吾亲，又命未合死，故此要开生路救他。若是寿已尽时，自作自受，我这里也管不得了，你有何计，可以解得此难？"明法人想了一会道："唯有一路可以出得，却也要这些被杀冤家肯便好。若不肯也没干。"张判官道："却待怎么？"明法人道："此诸物类，被仲任所杀者，必须偿其身命，然后各去托

生。今召他每出来，须诱哄他每道：‘屈突仲任今为对莫贺咄事，已到此间，汝辈食啖了毕，即去托生。汝辈余业未尽，还受畜生身，是这件仍做这件，牛更为牛，马更为马。使仲任转生为人，还依旧吃着汝辈，汝辈业报，无有了时。今查仲任未合即死，须令略还，叫他替汝辈追造福因，使汝辈各舍畜生业，尽得人身，再不为人杀害，岂不至妙？’诸畜类闻得人身，必然喜欢从命，然后小小偿他些夙债，乃可放去。若说与这番说话，不肯依时，就再无别路了。”张判官道：“便可依此而行。”

明法人将仲任锁在厅事前房中了，然后召仲任所杀生类类到判官庭中来，庭中地可有百亩，仲任所杀生命闻召都来，一时填塞皆满。但见：

牛马成群，鸡鹅作队。百般怪兽，尽皆舞爪张牙；千种奇禽，类各舒毛鼓翼。谁道赋灵独蠢，记冤仇且是分明；谩言禀质偏殊，图报复更为紧急。飞的飞，走的走，早难道天子上林；叫的叫，嗥的嗥，须不是人间乐土。

说这些被害众生，如牛马驴骡猪羊、獐鹿雉兔，以至刺猬飞鸟之类，不可悉数，凡数万头，共作人言道：“召我何为？”判官道：“屈突仲任已到。”说声未了，物类皆咆哮大怒，腾振蹴踏，大喊道：“逆贼，还我债来！还我债来！”这些物类忿怒起来，个个身体比常倍大：猪羊等马牛，马牛等犀象，只待仲任出来，大家吞噬。判官乃使明法人一如前话，晓谕一番。物类闻说替他追福，可得人身，尽皆喜欢，仍旧复了本形。判官会付诸畜且出，都依命退出庭外来了。

明法人方在房里放出仲任来，对判官道："而今须用小小偿他些债。"说罢，即有狱卒二人手执皮袋一个、秘木二根到来，明法人把仲任袋将进去，狱卒将秘木秘下去，仲任在袋，苦痛难禁，身上血簌簌的出来，多在袋孔中流下，好似浇花的喷筒一般。狱卒去了秘木，只提着袋，满庭前走转洒去。须臾，血深至阶，可有三尺了。然后连袋投仲任在房中，又牢牢锁住了。复召诸畜等至，分付道："已取出仲任生血，听汝辈食啖。"诸畜等皆作恼怒之状，身复长大数倍，骂道："逆贼，你杀吾身，今吃你血。"于是竞来争食，飞的走的，乱嚷乱叫，一头吃一头骂，只听得呼呼嗡嗡之声，三尺来血，一霎时吃尽，还像不足的意，共舐地上。直等庭中土见，方才住口。

明法人等诸畜吃罢，分付道："汝辈已得偿了些债。莫贺咄身命已尽，一听汝辈取偿。今放屈突仲任回家为汝辈追福，今汝辈多得人身。"诸畜等皆欢喜，各复了本形而散。

判官方才在袋内放出仲任来。仲任出了袋，站立起来，只觉浑身疼痛。张判官对他

说道:“冤报暂解,可以回生,既已见了报应,便可努力修福。”仲任道:“多蒙姑夫竭力周全调护,得解此难。今若回生,自当痛改前非,不敢再增恶业。但宿罪尚重,不知何法修福可以尽消?”判官道:“汝罪业太重,非等闲作福可以免得,除非刺血写一切经,此罪当尽。不然,他日更来,无可再救了。”仲任称谢领诺。张判官道:“还须遍语世间之人,使他每闻着报应,能生悔语的,也多是你的功德。”说罢,就叫两个青衣人送归来路。又分付道:“路中若有所见,切不可擅动念头,不依我戒,须要吃亏。”叮嘱青衣人道:“可好伴他到家,他余业尽多,怕路中还有失处。”青衣人道:“本官吩咐,敢不小心!”

仲任遂同了青衣前走。行了数里,到了一个热闹去处,光景似阳间酒店一般。但见:

村前茅舍,庄后竹篱。村醪香透磁缸,浊酒满盛瓦瓮。架上麻衣,昨日村郎留下当;酒帘大字,乡中学究醉时书。刘伶知味且停舟,李白闻香须驻马。尽道黄泉无客店,谁知冥路有沽家。

仲任正走得饥又饥,渴又渴,眼望去,是个酒店,他已自口角流涎了;走到面前看时,只见:店里头吹的吹,唱的唱;猜拳豁指,呼红喝六;在里头畅快饮酒。满前嗄饭,多是些,肥肉鲜鱼,壮鸡大鸭。仲任不觉旧性复发,思量要进去坐一坐,吃他一餐,早把他姑夫所戒已忘记了,反来拉两个青衣进去同坐。青衣道：“进去不得的，错走去了，必有后悔。”仲任那里肯信？青衣阻当不住，道：“既要进去，我们只在此间等你。”

仲任大踏步跨将进来，拣个座头坐下了。店小二忙摆着案酒，仲任一看，吃了一惊。原来一碗是死人的眼睛，一碗是粪坑里大蛆，晓得不是好去处，抽身待走。小二斟了一碗酒来道：“吃了酒去。”仲任不识气，伸手来接，拿到鼻边一闻，臭秽难当。原来是一碗腐尸肉，正待撇下不吃，忽然灶下抢出一个牛头鬼来，手执钢叉喊道：“还不快吃！”店小二把来一灌，仲任只得忍着臭秽强吞了下去，望外便走。牛头又领了好些奇形异状的鬼赶来，口里嚷道：“不要放走了他！”仲任急得无措，只见两个青衣元站在旧处，忙来遮蔽着，喝道：“是判院放回的，不得无礼。”搀着仲任便走。后边人听见青衣人说了，然后散去。

青衣人埋怨道：“叫你不要进去，你不肯听，致有此惊恐。起初判院如何吩咐来？只道是我们不了事。”仲任道：“我只道是好酒店，如何里边这样光景？”青衣人道：“这也原是你业障现此眼花。”仲任道：“如何是我业障？”青衣人道：“你吃这一瓯，还抵不得醉鳖醉驴的债哩。”仲任愈加悔悟，随着青衣再走。看看茫茫荡荡，不辨东西南北，身子如在云雾里一般。须臾，重见天日，已似是阳间世上，俨然是温县地方。同着青衣走入自己庄上草堂中，只见自己身子直挺挺的躺在那里，乳婆坐在傍边守着。

青衣用手将仲任的魂向身上一推，仲任苏醒转来，眼中不见了青衣，却见乳婆叫道："官人苏醒着，几乎急死我也！"仲任道："我死去几时了？"乳婆道："官人正在此吃食，忽然暴死，已是一昼夜；只为心头尚暖，故此不敢移动，谁知果然活转来，好了，好了！"仲任道："此一昼夜，非同小可。见了好些阴间地府光景。"那老婆子喜听的是这些说话，便问道："官人见的是甚么光景？"仲任道："元来我未该死，只为莫贺咄死去，撞着平日杀戮这些冤家，要我去对证，故勾我去。我也为冤家多，几乎不放转来了，亏得撞着对案的判官就是我张家姑夫，道我阳寿未绝，在里头曲意处分，才得放还。"就把这些说话光景，如此如此，这般这般，尽情告诉了乳婆。那乳婆只是合掌念"阿弥陀佛"不住口。

仲任说罢，乳婆又问道："这等，而今莫贺咄毕竟怎么样？"仲任道："他阳寿已尽，冤债又多。我自来了，他在地府中毕竟要一一偿命，不知怎地受苦哩。"乳婆道："官人可曾见他否？"仲任道："只因判官周全我，不教对案，故此不见他，只听得说。"乳婆道："一昼夜了，怕官人已饥，还有剩下的牛肉，将来吃了罢。"仲任道："而今要依我姑夫分付，正待刺血写经罚咒，再不吃这些东西了。"乳婆道："这个却好。"乳婆只去做些粥汤与仲任吃了，仲任起来梳洗一番，把镜子将脸一照，只叫得苦。原来阴间把秘木取去他血，与畜生吃过，故此面色腊渣也似黄了。

仲任从此雇一个人把堂中扫除干净，先请几部经来，焚香持诵。将养了两个月身子，渐渐复旧，有了血色，然后刺着臂血，逐部逐卷写将来。有人经过，问起他写经根由的，便把这些事逐一告诉将来。人听了无不毛骨悚然，多有助盘费供他书写之用的，所以越写得多了。况且面黄肌瘦，是个老大证见。又指着堂中的瓮、堂后的穴，每对人道："这是当时作业的遗迹，留下为戒的。"来往人晓得是真话，发了好些放生戒杀的念头。

开元二十三年春，有个同官令虞咸道经温县，见路傍草堂中有人年近六十，如此刺血书写不倦，请出经来看，已写过了五六百卷。怪道："他怎能如此发心得猛？"仲任把前后的话，一一告诉出来。虞县令叹以为奇，留俸钱助写而去。各处把此话传示于人，故此人多知道。后来仲任得善果而终，所谓"放下屠刀立地成佛"者也。偈曰：

物命在世间，微分此灵蠢。一切有知觉，皆已具佛性。取彼痛苦身，供我口食用。我饱已觉膻，彼死痛犹在。一点嗔恨心，岂能尽消灭！所以六道中，转转相残杀。愿葆此慈心，触处可施用。起意便多刑，减味即省命。无过转念间，生死已各判。及到偿业时，还恨种福少。何不当生日，随意作方便？度他即自度，应作如是观。

二刻拍案惊奇

硬勘案大儒争闲气　甘受刑侠女著芳名

诗云：

世事莫有成心，成心专会认错。
任是大圣大贤，也要当着不着。

看官听说：从来说的书不过谈些风月，述些异闻，图个好听。最有益的，论些世情，说些因果，等听了的触着心里，把平日邪路念头化将转来。这个就是说书的一片道学心肠，却从不曾讲着道学。而今为甚么说个不可有成心？只为人心最灵，专是那空虚的才有公道。一点成心入在肚里，把好歹多错认了，就是圣贤也要偏执起来，自以为是，却不知事体竟不是这样的了。道学的正派，莫如朱文公晦翁，读书的人那一个不尊奉他，岂不是个大贤？只为成心上边，也曾错断了事。

当日在福建崇安县知县事，有一小民告一状道："有祖先坟茔，县中大姓夺占做了自己的坟墓，公然安葬了。"晦翁精于风水，况且福建又极重此事，豪门富户见有好风水吉地，专要占夺了小民的，以致兴讼，这样事日日有的。晦翁准了他状，提那大姓到官。大姓说："是自家做的坟墓，与别人毫不相干的，怎么说起占夺来？"小民道："原是我家祖上的墓，是他富豪倚势占了。"两家争个不歇。叫中证问时，各人为着一边，也没个的据。晦翁道："此皆口说无凭，待我亲去踏看明白。"当下带了一干人犯及随从人等，亲到坟头。看见山明水秀，凤舞龙飞，果然是一个好去处。晦翁心里道："如此吉地，怪道有人争夺。"心里先有些疑心，必是小民先世葬着，大姓看得好，起心要他的了。大姓先禀道："这是小人家里新造的坟，泥土工程，一应皆是新的，如何说是他家旧坟？相公龙目一看，便了然明白。"小民道："上面新工程是他家的，底下须有老土。这原是家里的，他夺了才装新起来。"晦翁叫取锄头铁锹，在坟前挖开来看。挖到松泥将尽之处，铛的一声响，把个挖泥的人振得手疼。拨开浮泥看去，乃是一块青石头，上面依稀有字，晦翁叫取起来看。从人拂去泥沙，将水洗净，字文见将出来，却是“某氏之墓”四个大字。旁边刻着细行，多是小民家里祖先名字。大姓吃惊道：“这东西那里来的？”晦翁喝道：“分明是他家旧坟，你倚强夺了他的！石刻见在，有何可说？”小民只是叩头道：“青天在上，小人再不必多口了。”晦翁道是见得已真，起身竟回县中，把坟断归小民，把大姓问了个强占田土之罪。小民口口“青天”，拜谢而去。

晦翁断了此事，自家道：“此等锄强扶弱的事，不是我，谁人肯做？”深为得意，岂知反落了奸民之计！原来小民诡诈，晓得晦翁有此执性，专怪富豪大户欺侮百姓，此本是一片好心，却被他们看破的拿定了，因贪大姓所做坟地风水好，造下一计，把青石刻成字，偷埋在他墓前了多时，忽然告此一状。大姓睡梦之中，说是自家新做的坟，一看就明白的。谁知地下先做成此等圈套，当官发将出来。晦翁见此明验，岂得不信？况且从来只有大家占小人的，那曾见有小人谋大家的？所以执法而断。那大姓委实受冤，心里不服，到上边监司处再告将下来，仍发崇安县问理。晦翁越加嗔恼，道是大姓刁悍抗拒。一发狠，着地方勒令大姓迁出棺柩，把地给与小民安厝祖先，了完事件。争奈外边多晓得是小民欺诈，晦翁错问了事，公议不平，沸腾喧嚷，也有风闻到晦翁耳朵内。晦翁认是大姓力量大，致得人言如此，慨然叹息道：“看此世界，直道终不可行！”遂弃官不做，隐居本处武夷山中。

后来有事经过其地，见林木蓊然，记得是前日踏勘断还小民之地。再行闲步一看，看得风水真好，葬下该大发人家。因寻其旁居民问道：“此是何等人家，有福分葬此吉地？”

居民道："若说这家坟墓，多是欺心得来的，难道有好风水报应他不成？"晦翁道："怎生样欺心？"居民把小民当日埋石在墓内，骗了县官，诈了大姓这块坟地，葬了祖先的话，是长是短，备细说了一遍。晦翁听罢，不觉两颊通红，悔之无及，道："我前日认是奉公执法，怎知反被奸徒所骗！"一点恨心自丹田里直贯到头顶来。想道："据着如此风水，该有发迹好处；据着如此用心贪谋来的，又不该有好处到他了。"遂对天祝下四句道："此地若发，是有地理；此地不发，是有天理。祝罢而去。"

是夜大雨如倾，雷电交作，霹雳一声，屋瓦皆响。次日看那坟墓，已毁成了潭，连尸棺多不见了。可见有了成心，虽是晦庵大贤，不能无误。及后来事体明白，才知悔悟，天就显出报应来，此乃天理不泯之处。人若欺心，就骗过了圣贤，占过了便宜，葬过了风水，天地原不容的。而今为何把这件说这半日？只为朱晦翁还有一件为着成心上边硬断一事，屈了一个下贱妇人，反致得他名闻天子，四海称扬，得了个好结果。有诗为证：

白面秀才落得争，红颜女子落得苦。
宽仁圣主两分张，反使娼流名万古。

话说天台营中有一上厅行首，姓严名蕊，表字幼芳，乃是个绝色的女子。一应琴棋书画、歌舞管弦之类，无所不通。善能作诗词，多自家新造句子，词人推服，又博晓古今故事。

行事最有义气，待人常是真心。所以人见了的，没一个不失魂荡魄在他身上，四方闻其大名。有少年子弟慕他的，不远千里，直到台州来求一识面。正是：

十年不识君王面，始信婵娟解误人。

此时台州太守乃是唐与正，字仲友，少年高才，风流文彩。宋时法度，官府有酒，皆召歌妓承应，只站着歌唱送酒，不许私侍寝席；却是与他谑浪狎昵，也算不得许多清处。仲友见严蕊如此十全可喜，尽有眷顾之意，只为官箴拘束，不敢胡为。但是良辰佳节，或宾客席上，必定召他来侑酒。一日，红白桃花盛开，仲友置酒赏玩，严蕊少不得来供应。饮酒中间，仲友晓得他善于词咏，就将红白桃花为题，命赋小词。严蕊应声成一阕，词云：

道是梨花不是，道是杏花不是。白白与红红，别是东风情味。曾记，曾记，人在武陵微醉。

——词寄《如梦令》

吟罢，呈上仲友。仲友看毕大喜，赏了他两匹缣帛。

又一日，时逢七夕，府中开宴。仲友有一个朋友谢元卿，极是豪爽之士，是日也在席上。他一向闻得严幼芳之名，今得相见，不胜欣幸，看了他这些行动举止、谈谐歌唱，件件动人，道："果然名不虚传！"大觥连饮，兴趣愈高。对唐

太守道："久闻此子长于词赋，可当面一试否？"仲友道："既有佳客，宜赋新词。此子颇能，正可请教。"元卿道："就把七夕为题，以小生之姓为韵，求赋一词。小生当饮满三大瓯。"严蕊领命，即口吟一词道：

碧梧初坠，桂香才吐，池上水花初谢。穿针人在合欢楼，正月露玉盘高泻。蛛忙鹊懒，耕慵织倦，空做古今佳话。人间刚到隔年期，怕天上方才隔夜。

——词寄《鹊桥仙》

词已吟成，元卿三瓯酒刚吃得两瓯，不觉跃然而起道："词既新奇，调又适景，且才思敏捷，真天上人也！我辈何幸，得亲沾芳泽！"亟取大觥相酬，道："也要幼芳分饮此瓯，略见小生钦慕之意。"严蕊接过吃了。

太守看见两人光景，便道："元卿客边，可到严子家中做一程儿伴。"元卿大笑，作个揖道："不敢请耳，固所愿也。但未知幼芳心下如何。"仲友笑道："严子解人，岂不愿事佳客？况为太守做主人，一发该的了。"严蕊不敢推辞得。酒散，竟同谢元卿一路到家，是夜遂留同枕席之欢。元卿意气豪爽，见此佳丽聪明女子，十分趁怀，只恐不得他欢心，在太守处凡有所得，尽情送与他家。留连半年，方才别去，也用掉若干银两，心里还是歉然的，可见严蕊真能令人消魂也，表过不题。

且说婺州永康县有个有名的秀才，姓陈名亮，字同父。赋性慷慨，任侠使气，一时称为豪杰。凡缙绅士大夫有气节的，无不与之交好。淮帅辛稼轩居铅山时，同父曾去访他。将近居旁，遇一小桥，骑的马不肯定。同父将马三跃，马三次退却。同父大怒，拔出所佩之剑，一剑挥去马首，马倒地上。同父面不改容，徐步而去。稼轩适在楼上看见，大以为奇，遂与定交。平日行径如此，所以唐仲友也与他相好。因到台州来看仲友，仲友资给馆谷，留住了他。闲暇之时，往来讲论。仲友喜的是俊爽名流，恼的是道学先生。同父意见亦同，常说道："而今的世界只管讲那道学，说正心诚意的，多是一班害了风痹病，不知痛痒之人。君父大仇全然不理，方且扬眉袖手，高谈性命，不知性命是甚么东西！"所以与仲友说得来。只一件，同父虽怪道学，却与朱晦庵相好，晦庵也曾荐过同父来。同父道他是实学有用的，不比世儒迂阔。惟有唐仲友平日恃才，极轻薄的是朱晦庵，道他字也不识的。为此，两个议论有些左处。

同父客邸兴高，思游妓馆。此时严蕊之名布满一郡，人多晓得是太守相公作兴的，异样兴头，没有一日闲在家里。同父是个爽利汉子，那里有心情伺候他空闲？闻得有一个赵娟，色艺虽在严蕊之下，却也算得是个上等的衍斩足，台州数一数二的，同父就在他家游耍。缱绻多时，两情欢爱。同父挥金如土，毫无吝涩。妓家见他如此，百倍趋承。赵娟就有嫁他之意，同父也有心要娶赵娟，两个商量了几番，彼此乐意。只是是个官身，必须落籍，方可从良嫁人。同父道："落籍是府间所主，只须与唐仲友一说，易如反掌。"赵娟道："若得如此最好。"

陈同父特为此来府里见唐太守，把此意备细说了。唐仲友取笑道："同父是当今第一流人物，在此不交严蕊而交赵娟，何也？"同父道："吾辈情之所钟，便是最胜，那见还有出其右者？况严蕊乃守公所属意，即使与交，肯便落了籍放他去否？"仲友也笑将起来道："非是属意，果然严蕊若去，此邦便觉无人，自然使不得！若赵娟要脱籍，无不依命。但不知他相从仁兄之意已决否？"同父道："察其词意，似出至诚。还要守公赞襄，做个月老。"仲友道："相从之事，出于本人情愿，非小弟所可赞襄，小弟只管与他脱籍便了。"同父别去，就把这话回复了赵娟，大家欢喜。

次日，府中有宴，就唤将赵娟来承应，饮酒之间，唐太守问赵娟道："昨日陈官人替你来说，要脱籍从良，果有此事否？"赵娟叩头道："贱妾风尘已厌，若得脱离，天地之恩！"太守道："脱籍不难。脱籍去，就从陈官人否？"赵娟道："陈官人名流贵客，只怕他嫌弃微贱，未肯相收。今若果有心于妾，妾焉敢自外？一脱籍就从他去了。"太守心里想道："这妮子不知高低，轻意应承，岂知同父是个杀人不眨眼的汉子？况且手段挥霍，家中空虚，怎能了得这妮子终身？"也是一

时间为赵娟的好意，冷笑道：“你果要从了陈官人到他家去，须是会忍得饥，受得冻才使得。”赵娟一时变色，想道：“我见他如此撒漫使钱，道他家中必然富饶，故有嫁他之意。若依太守相公的说话，必是个穷汉子，岂能了我终身之事？”好些不快活起来。

唐太守一时取笑之言，只道他不以为意。岂知姊妹行中心路最多，一句关心，陡然疑变。唐太守虽然与了他脱籍文书，出去见了陈同父，并不提起嫁他的说话了。连相待之意，比平日也冷淡了许多。同父心里怪道：“难道娼家薄情得这样渗濑，哄我与他脱了籍，他就不作准了？”再把前言问赵娟。赵娟回道：“太守相公说来，到你家要忍冻饿。这着甚么来由？”同父闻得此言，勃然大怒道：“小唐这样惫赖！只许你喜欢严蕊罢了，也须有我的说话处。”他是个直性尚气的人，也就不恋了赵家，也不去别唐太守，一径到朱晦庵处来。

此时朱晦庵提举浙东常平仓，正在婺州。同父进去，相

见已毕，问说是台州来，晦庵道：“小唐在台州如何？”同父道：“他只晓得有个严蕊，有甚别勾当？”晦庵道：“曾道及下官否？”同父道：“小唐说公尚不识字，如何做得监司？”晦庵闻之，默然了半日。盖是晦庵早年登朝，茫茫仕宦之中，著书立言，流布天下，自己还有些不谦意处。见唐仲友少年高才，心里常疑他要来轻薄的。闻得他说己不识字，岂不愧怒？佛然道：“他是我属吏，敢如此无礼！”然背后之言，未卜真伪，遂行一张牌下去，说：“台州刑政有枉，重要巡历。”星夜到台州来。

晦庵是有心寻不是的，来得急促。唐仲友出于不意，一时迎接不及，来得迟了些。晦庵信道是“同父之言不差，果然如此轻薄，不把我放在心上，”这点恼怒再消不得了。当日下马，就追取了唐太守印信，交付与郡丞，说：“知府不职，听参。”连严蕊也拿来收了监，要问他与太守通奸情状。

晦庵道是仲友风流，必然有染，况且妇女柔脆，吃不得刑拷，不论有无，自然招承，便好参奏他罪名了。谁知严蕊苗条般的身躯，却是铁石般的性子，随你朝打暮骂，千百拷，只说：“循分供唱，吟诗侑酒是有的，曾无一毫他事。”受尽了苦楚，监禁了月余，到底只是这样话。晦庵也没奈他何，只得糊涂做了“不合蛊惑上官”，狠毒将他痛杖了一顿，发去绍兴，另加勘问。一面先具本参奏，大略道：唐某不伏讲学，罔知圣贤道理，却诋臣为不识字。居官不存政体，亵昵娼流，鞫鞠得奸情，再行复奏。取进止，等因。

唐仲友有个同乡友人王淮，正在中书省当国，也具一私揭，辨晦庵所奏，要他达知圣听。大略道：朱某不遵法制，一方再按，突然而来。因失迎候，酷逼娼流，妄污职官。公道难泯，力不能使贱妇诬服。尚辱渎奏，明见欺妄。等因。

孝宗皇帝看见晦庵所奏，正拿出来与宰相王淮平章，王淮也出仲友私揭与孝宗看。孝宗见了，问道：“二人是非，卿意如何？”王淮奏道：“据臣看看，此乃秀才争闲气耳。一个道讥了他不识字，一个道不迎候得他。此是真情。其余言语多是增添的，可有一些的正事么？多不要听他就是。”孝宗道：“卿说得是。却是上下司不和，地方不便，可两下平调了他每便了。”王淮奏谢道：“陛下圣见极当，臣当分付所部奉行。”

这番京中亏得王丞相帮衬，孝宗有主意，唐仲友官爵安然无事。只可怜这边严蕊吃过了许多苦楚，还不算帐，出本之后，另要绍兴去听问。绍兴太守也是一个讲学的，严蕊解到时，见他模样标致，太守便道：“从来有色者，必然无德。”

就用严刑拷他，讨拶来拶指。严蕊十指纤细，掌背嫩白。太守道："若是亲操井臼的手，绝不是这样，所以可恶！"又要将夹棍夹他。当案孔目禀道："严蕊双足甚小，恐经挫折不起。"太守道："你道他足小么？此皆人力娇揉，非天性之自然也。"着实被他腾倒了一番，要他招与唐仲友通奸的事。严蕊照前不招，只得且把来监了，以待再问。

严蕊到了监中，狱官着实可怜他，分付狱中牢卒，不许难为。好言问道："上司加你刑罚，不过要你招认，你何不早招认了？这罪是有分限的。女人家犯淫，极重不过是杖罪，况且已经杖断过了，罪无重科。何苦舍着身子，熬这等苦楚？"严蕊道："身为贱伎，纵是与太守为奸，料然不到得死罪，招认了，有何大害？但天下事，真则是真，假则是假，岂可自惜微躯，信口妄言，以污士大夫！今日宁可置我死地，要我诬人，断然不成的！"狱官见他词色凛然，十分起敬，尽把其言禀知太守。太守道："既如此，只依上边原断施行罢。可恶这妮子倔强，虽然上边发落已过，这里原要决断。"又把严蕊带出监来，再加痛

杖，这也是奉承晦庵的意思。叠成文书，正要回复提举司，看他口气，别行定夺，却得晦庵改调消息，方才放了严蕊出监。严蕊恁地晦气，官人每自争闲气，做他不着，两处监里无端的监了两个月，强坐得他一个不应罪名，到受了两番科断，其余逼招拷打，又是分外的受用。正是：

规圆方竹杖，漆却断纹琴。
好物不动念，方成道学心。

严蕊吃了无限的磨折，放得出来，气息奄奄，几番欲死。将息杖疮，几时见不得客，却是门前车马，比前更盛，只因死不肯招唐仲友一事，四方之人重他义气。那些少年尚气节的朋友，一发道是堪比古来义侠之伦，一向认得的要来问他安，不曾认得的要来识他面，所以挨挤不开。一班风月场中人自然与道学不对，但是来看严蕊的，没一个不骂朱晦庵两句。

晦庵此番竟不曾奈何得唐仲友，落得动了好些唇舌。外边人言喧沸，严蕊声价腾涌，直传到孝宗耳朵内。孝宗道："早是前日两平处了。若听了一偏之词，贬谪了唐与正，却不屈了这有义气的女子没申诉处？"陈同父知道了，也悔道："我只向晦庵说得他两句话，不道认真的大弄起来，今唐仲友只疑是我害他，无可辨处。"因致书与晦庵道："亮平生不曾会说人是非，唐与正乃见疑相谮，真足当田光之死矣。然困穷之中，又自惜此泼命。一笑。"看来陈同父只为唐仲友破了他赵娟之事，一时心中愤气，故把仲友平日说话对晦庵讲了出来。原不料晦庵狠毒，就要摆布仲友起来，至于连累严蕊，受此苦拷，皆非同父之意也。这也是晦庵成心不化，偏执之过，以后改调去了。

交代的是岳商卿，名霖，到任之时，妓女拜贺。商卿问："那个是严蕊？"严蕊上前答应。商卿抬眼一看，见他举止异人，在一班妓女之中，却像鸡群内野鹤独立，却是容颜憔悴。商卿晓得前事，他受过折挫，甚觉可怜，因对他道："闻你长于词翰，你把自家心事，做成一词诉我，我自有主意。"严蕊领命，略不构思，应声口占《卜算子》道：

不是爱风尘，似被前缘误。花落花开自有时，总赖东君主。去也终须去，住也如何住？若得山花插满头，莫问奴归处！

商卿听罢，大加称赏道："你从良之意决矣。此是好事，我当为你做主。"立刻取伎籍来，与他除了名字，判与从良。

严蕊叩头谢了，出得门去。有人得知此说的，千斤币聘，争来求讨，严蕊多不从他。有一宗室近属子弟，丧了正配，悲哀过切，百事俱废。宾客们恐其伤性，拉他到伎馆散心。说着别处多不肯去，直等说到严蕊家里，才肯同来。严蕊见此人满面戚容，问知为着丧耦之故，晓得是个有情之人，关在心里。那宗室仰慕严蕊大名，饮酒中间，彼此喜乐，因而留住。倾心来往多时，毕竟纳了严蕊为妾。严蕊也一意随他，遂成了终身结果。虽然不到得夫人、县君，却是宗室自娶严蕊之后，深为得意，竟不续婚。一根一蒂，立了妇名，享用到底，也是严蕊立心正直之报也。

后人评论这个严蕊，乃是真正讲得道学的。有七言古风一篇，单说他的好处：

天台有女真奇绝，挥毫能赋谢庭雪。
搽粉虞候太守筵，酒酣未必呼烛灭。
忽尔监司飞檄至，桁杨横掠头抢地。
章台不犯士师条，肺石会疏刺史事。
贱质何妨轻一死，岂承浪语污君子？
罪不重科两得笞，狱吏之威止是耳。
君侯能讲毋自欺，乃遣女子诬人为！
虽在缧绁非其罪，尼父之语胡忘之？
君不见
贯高当时白赵王，身无完肤犹自强？
今日蛾眉亦能尔，千载同闻侠骨香！
含颦带笑出狴犴，寄声合眼闭眉汉。
山花满头归去来，天潢自有梁鸿案。

行孝子到底不简尸　殉节妇留待双出柩

诗云：

削骨蒸肌岂忍言，世人借口欲伸冤。

典刑未正先残酷，法吏当知善用权。

话说戮尸弃骨，古之极刑。今法，被人殴死者必要简尸。简得致命伤痕，方准抵偿，问入死罪，可无冤枉，本为良法。自古道法立弊生，只因有此一简，便有许多奸巧做出来，那把人命图赖人的，不到得就要这个人偿命。只此一简，已彀奈何着他了。你道为何？官府一准简尸，地方上搭厂的就要搭厂钱。跟官、门皂、轿夫、吹手多

要酒饭钱，仵作人要开手钱、洗手钱，至于官面前桌上要烧香钱、朱墨钱、笔砚钱，毡条坐褥俱被告人所备。还有不肖佐贰要摆案酒，要折盘盏，各项名色甚多，不可尽述。就简得雪白无伤，这人家已去了七八了。就问得原告招诬，何益于事？所以奸徒与人有仇，便思将人命为奇货。官府动笔判个“简”字，何等容易！道人命事应得的，岂知有此等害人不小的事？除非真正人命，果有重伤简得出来，正人罪名，方是正条。然刮骨蒸尸，千零万碎，与死的人计较，也是不忍见的。律上所以有“不愿者听”及“许尸亲告递免简”之例，正是圣主曲体人情处。岂知世上惨刻的官，要见自己风力，或是私心嗔恨被告，不肯听尸亲免简，定要劣撅做去，以致开久殓之棺，掘久埋之骨，随你伤人子之心，堕傍观之泪，他只是硬着肚肠不管。原告不执命，就坐他受贿；亲友劝息，就诬他私和。一味蛮刑，打成狱案，自道是与死者伸冤，不知死者惨酷已极了。这多是绝子绝孙的勾当！

闽中有一人名曰陈福生，与富人洪大寿家佣工，偶因一语不逊，被洪大寿痛打一顿。那福生才吃得饭过，气郁在胸，得了中懑之症，看看待死。临死对妻子道：“我被洪家长痛打，致恨而死。但彼是富人，料搬他不倒，莫要听了人教唆赖他人命，致将我尸首简验，粉骨碎身。只略与他说说，他怕人命缠累，必然周给后事，供养得你每终身，便是便益了。”妻子听言，死后果去见那家长，但道：“因被责罚之后，得病不痊，今已身死。惟家长可怜孤寡，做个主张。”洪大寿见因打致死，心里虚怯的，见他说得揣己，巴不得他没有说话，给与银两，厚加殡殓，又许了时常周济他母子，已此无说了。

陈福生有个族人陈三，混名陈喇虎，是个不本分好有事的，见洪人寿是有想头的人家，况福生被打而死，不为无因，就来撺掇陈福生的妻子，教他告状执命。妻子道：“福生的死，固然受了财主些气，也是年该命限，况且死后，他一味好意，殡殓有礼，我们番脸子不转，只自家认了晦气罢。”喇虎道：“你每不知事体，这出银殡殓，正好做告状张本。这样富家，一条人命，好歹也起发他几百两生意，如何便是这样住了？”妻子道：“贫莫与富斗，打起官司来，我们先要银子下本钱，那里去讨？不如做个好人住手，他财主每或者还有不亏我处。”陈喇虎见说他不动，自到洪家去吓诈道：“我是陈福生族长，福生被你家打死了，你家私买下了他妻子，便打点把一场人命糊涂了。你们须要我口净，也得大家吃块肉儿；不然，明有王法，不到得被你躲过了！”洪家自恃福生妻子已无说话，天大事已定，傍边人闲言闲语，不必怕他。不教人来兜揽，任他放屁喇撒一出，没兴自去。喇虎见无动静，老大没趣，放他不下，思量道：“若要告他人命，须得是他亲人。他妻子是扶不起的了，若是自己出名，告他不得。我而今只把私和人命首他一状，连尸亲也告在里头，须教他开不得口！”登时写下一状，往府里首了。

府里见是人命，发下理刑馆。那理刑推官，最是心性惨刻的，喜的是简尸，好的是入罪，是个拆人家的祖师。见人命状到手，访得洪家巨富，就想在这桩事上显出自己风力来。连忙出牌拘人，吊尸简明。陈家妻子实是怕事，与人商量道：

"递了免简，就好住得。"急写状去递。推官道："分明是私下买和的情了。"不肯准状。洪家央了分上去说："尸亲不愿，可以免简。"推官一发怒将起来道："有了银子，王法多行不去了？"反将陈家妻子拶出，定要简尸。没奈何只得抬出棺木，解到尸场，聚齐了一干人众，如法蒸简，仵作人晓得官府心里要报重的，敢不奉承？把红的说紫，青的说黑，报了致命伤两三处。推官大喜，道："是拿得到一个富人，不肯假借，我声名就重了。"立要问他抵命。怎当得将律例一查，家长殴死雇工人，只断得埋葬，问得徒赎，并无抵偿之条。只落得洪家费掉了些银子，陈家也不得安宁。陈福生殓好入棺了，又狼狼藉藉这一番，大家多事，陈喇虎也不见沾了甚么实滋味，推官也不见增了甚么好名头，枉做了难人。

一场人命结过了，洪家道陈氏母子到底不做对头，心里感激，每每看管他二人，不致贫乏。陈喇虎指望个小富贵，竟落了空，心里常怀怏怏。一日在外酒醉，晚了回家，忽然路上与陈福生相遇。福生埋怨道："我好好的安置在棺内，为你妄想吓诈别人，

致得我尸骸零落，魂魄不安，我怎肯干休？你还我债去！”将陈喇虎按倒在地，满身把泥来搓擦。陈喇虎挣扎不得，直等后边人走来，陈福生放手而去。喇虎闷倒在地，后边人认得他的，扶了回家。家里道是酒醉，不以为意；不想自此之后，喇虎浑身生起癞来，起床不得，要出门来扛帮教唆做些惫懒的事，再不能勾了。淹缠半载，不能支持。到临死才对家人说道：“路上遇陈福生，嫌我出首简了他尸，以此报我。我不得活了！”说罢就死。死后家人信了人言，道癞疾要缠染亲人，急忙抬出，埋于浅土，被狗子乘热拖将出来，吃了一半。此乃陈喇虎作恶之报。

却是陈福生不与打他的洪大寿为仇，反来报替他执命的族人，可见简尸一事，原非死的所愿，做官的人要晓得，若非万不得已，何苦做那极惨的勾当！倘若尸亲苦求免简，也该依他为是。至于假人命，一发不必说，必待审得人命逼真，然后行简定罪。只一先后之着，也保全得人家多了。而今说一个情愿自死不肯简父尸的孝子，与看官每听一听。

父仇不报忍模糊，自有雄心托湛卢。枭獍一诛身已绝，法官还用简尸无？

话说国朝万历年间，浙江金华府武义县有一个人，姓王名良，是个儒家出身。有个族侄王俊，家道富厚，气岸凌人，专一放债取利，行凶剥民。就是族中支派，不论亲疏，但与他财利交关，锱铢必较，一些情面也没有的。王良不合曾借了他本银二两，每年将束修上利，积了四五年，还过他有两倍了。王良意思，道自家屋里，还到此地可以相让，此后利钱便不上紧了些。王俊是放债人心性，那管你是叔父？道："逐年还煞只是利银，本钱原根不动，利钱还须照常，岂算还过多寡？"一日，在一族长处会席，两下各持一说，争论起来。王俊有了酒意，做出财主的样式，支手舞脚的发挥。王良气不平，又自恃尊辈，喝道："你如此气质，敢待打我么？"王俊道："便打了，只是财主打了欠债的！"趁着酒性，那管尊卑，扑的一掌打过去。王良不提防的，一交跌倒。王俊索性赶上，拳头脚尖一齐来。族长道："使不得！使不得！"忙来劝时，已打得不亦乐乎了。

大凡酒德不好的人，酒性发了，也不认得甚么人，也不记得甚么事；但只是使他酒风，狠戾暴怒罢了，不管别人当不起的。当下一个族侄把个叔子打得七损八伤，族长劝不住，猛力解开，教人负了王良家去。王俊没个头主，没些意思，耀武扬威，一路吆吆喝喝也走去了。

讵知王良打得伤重，次日身危。王良之子王世名，也是个读书人。父亲将死之时，唤过分付道："我为族子王俊殴死，此仇不可忘！"王世名痛哭道："此不共戴天之仇，儿誓不与俱生人世！"王良点头而绝。王世名拊膺号恸，即具状到县间，告为立杀父命事，将族长告做见人。县间准行，随行出牌吊尸到官，伺候相简。王俊自知此事决裂，到不得官，苦央族长处息，任凭要银多少，总不计论；处得停妥，族长分外酬谢，自不必说。族长见有些油水，来劝王世名罢讼道：

“父亲既死，不可复生。他家有的是财物，怎与他争得过？要他偿命，必要简尸。他使用了仵作，将伤报轻了，命未必得偿，尸骸先吃这番狼藉，大不是算，依我说，乘他惧怕成讼之时，多要了他些，落得做了人家，大家保全得无事，未为非策。”王世名自想了一回道：“若是执命，无有不简尸之理。不论世情敌他不过，纵是偿得命来，伤残父骨，我心何忍？只存着报仇在心，拼得性命，那处不着了手？何必当官拘着理法，先将父尸经这番惨酷，又三推六问，几年月日，才正得典刑？不如目今权依了他们处法，诈痴佯呆，住了官司，且保全了父骨，别图再报。”回复族长道：“父亲委是冤死，但我贫家，不能与做头敌，只凭尊长所命罢了。”族长大喜，去对王俊说了，主张将王俊膏腴田三十亩与王世名，为殡葬父亲养膳老母之费。王世名同母当官递个免简，族长随递个息词，永无翻悔。王世名一一依听了，来对母亲说道：“儿非见利忘仇，若非如此，父骨不保，儿所以权听其处分，使彼绝无疑心也。”世名之母，妇女见识，是做人家念头重的，见得了这些肥田，可以享受，也自甘心罢了。

世名把这三十亩田所收花利，每岁藏贮封识，分毫不动。外边人不晓得备细，也有议论他得了田业息了父命的，世名也不与人辨明。王俊怀着鬼胎，倒时常以礼来问候叔母。世名虽不受他礼物，却也像毫无嫌隙的，照常往来。有时撞着杯酒相会，笑语酬酢，略无介意。众人多有笑他忘了父仇的。事已渐冷，径没人提起了。怎知世名日夜提心吊胆，时刻不忘，消地铸一利剑，镂下两个篆字，名曰“报仇”，出入必佩。

请一个传真的绘画父像，挂在斋中，就把自己之形，也图在上面，写他持剑侍立父侧。有人问道："为何画作此形？"世名答道："古人出必佩剑，故慕其风，别无他意。"有诗为证：

戴天不共敢忘仇？画笔常将心事留。
说与旁人浑不解，腰间宝剑自飕飕。

且说王世名日间对人嘻笑如常，每到归家，夜深人静，便抚心号恸。世名妻俞氏，晓得丈夫心不忘仇，每对他道："君家心事，妾所洞知，一日仇死君手，君岂能独生？"世名道："为了死孝，吾之职分，只恐仇不得报耳！若得报，吾岂愿偷生耶？"俞氏道："君能为孝子，妾亦能为节妇。"世名道："你身是女子，出口大易，有好些难哩！"俞氏道："君能为男子之事，安见妾身就学那男子不来？他日做出便见。"世名道："此身不幸，遭罹仇难，娘子不以儿女之见相阻，却以男子之事相勉，足见相成了。"夫妻各相爱重。

五载之内，世名已得游泮，做了秀才，妻俞氏又生下一儿。世名对俞氏道："有此呱呱，王氏之脉不绝了。一向怀仇在心，隐忍不报者，正恐此身一死，斩绝先祀，所以不敢轻生做事，如今我死可瞑目！上有老母，下有婴儿，此汝之责。我托付已过，我不能再顾了。”遂仗剑而出。也是王俊冤债相寻，合该有事。他新相处得一个妇人在乡间，每饭后不带仆从，独往相叙。世名打听在肚里，晓得在蝴蝶山下经过，先伏在那边僻处了。王俊果然摇摇摆摆独自一人踱过岭来。世名正是恩人相见，分外眼明，仇人相见，分外眼睁。看得明白，飕的钻将过来，喝道：“还我父亲的命来！”王俊不提防的吃了一惊，不及措手，已被世名劈头一剁，说时迟，那时快，王俊倒在地下挣扎。世名按倒，枭下首级，脱件衣服下来包裹停当，带回家中。见了母亲，大哭拜道：“儿已报仇，头在囊中。今当为父死，不得侍母膝下了。”拜罢，解出首级到父灵位前拜告道：“仇人王俊之头，今在案前，望父阴灵不远，儿今赴官投死去也。”随即取了历年所收田租账目，左手持刀，右手提头，竟到武义县中出首。

此日县中传开，说王秀才报父仇杀了人，拿头首告，是个孝子。一传两，两传三，哄动了一个县城。但见：

人人竖发，个个伸眉。竖发的恨那数载含冤，伸眉的喜得今朝吐气。挨肩叠背，老人家挤坏了腰脊厉声呼；裸袖舒拳，小孩子踏伤了脚趾号啕哭。任侠豪人齐拍掌，小心怯汉独惊魂。

王世名到了县堂，县门外喊发连天，何止万人挤塞！武义县陈大尹不知何事，慌忙出堂坐了，问其缘故。王世名把头与剑放下，在阶前跪禀道："生员特来投死。"陈大尹道："为何？"世名指着头道："此世名族人王俊之头，世名父亲被此人打死，昔年告得有状。世名法该执命，要他抵偿，但不忍把父尸简，所以只得隐忍。今世名不烦官法，手刃其人，以报父仇，特来投到请死，乞正世名擅杀之罪。"大尹道："汝父之事，闻和解已久，如何忽有此举？"世名道："只为要保全父尸，先凭族长议处，将田三十亩养膳老母。世名一时含糊应承，所收花息，年年封贮，分毫不动。今既已杀却仇人，此项义不宜取，理当入官。写得有簿籍在此，伏乞验明。"大尹听罢，知是忠义之士，说道："君行孝子之事，不可以文法相拘。但事干人命，须请详上司为主，县间未可擅便，且召保候详。王俊之头，先着其家领回候验。"看的人恐怕县官难为王秀才，个个伸拳裸臂，候他处分。见说申详上司不拘禁他，方才散去。

陈大尹晓得众情如此，心里大加矜念，把申文多写得恳切。说"先经王俊殴死王良是的。今王良之子世名报仇杀了王俊，论来也是一命抵一命，但王世名不由官断，擅自杀人，也该有罪。本人系是生员，特为申详断决。"申文之外，又加上禀揭，替他周全，说"孝义可敬，宜从轻典"。

上司见了，也多叹羡，遂批与金华县汪大尹，会同武义审决这事。汪大尹访问端的，备知其情，一心要保全他性命。商量道："须把王良之尸一简，若果然致命伤重，王俊原该抵偿，王世名杀人之罪就轻了。"会审之时，汪大尹如此倡言。王世名哭道："当初专为不忍暴残父尸，故隐忍数年，情愿杀仇人而自死。岂有今日仇已死了，反为要脱自身重简父尸之理？前日杀仇之日，即宜自杀，所以来造邑庭，正来受朝庭之法，非求免罪也！大人何不见谅如此！"汪大尹道："若不简父尸，杀人之罪，难以自解。"王世名道："原不求解，望大人放归别母，即来就死。"汪大尹道："君是孝子烈士，自来投到者，放归何妨？但事须断决，可归家与母妻再一商量。倘肯把父尸一简，我就好周全你了，此本县好意，不可错过。"

王世名主意已定，只不应承。回来对母亲说汪大尹之意，母亲道："你待如何？"王世名道："岂有事到今日，反失了初心？儿久已拚着一死，今特来别母而去耳！"说罢，抱头大哭。妻俞氏在傍也哭做了一团。俞氏道："前日与君说过，君若死孝，妾亦当为夫而死。"王世名道："我前日已把老母与婴儿相托于你，我今不得已而死，你与我事母养子，才是本等，我在九泉亦可瞑目。从死之说，万万不可，切莫轻言！"俞氏道："君向来留心报仇，誓必身死，别人不晓，独妾知之。所以再不阻君者，知君立志如此。君能捐生，妾亦不难相从，故尔听君行事。今事已至此，若欲到底完翁尸首，非死不可。妾岂可独生以负君乎！"世名道："古人言：'死易立孤难。’你若轻一死，孩子必绝乳哺，是绝我王家一脉，连我的死也死得不正当了。你只与我保全孩子，便是你的大恩。”俞氏哭道：“既如此，为君姑忍三岁，三岁之后，孩子不须乳哺了，此时当从君地下，君亦不能禁我也！”

正哀惨间，外边有二三十人喧嚷，是金华、武义两学中的秀才与王世名曾往来相好的，乃汪、陈两令央他们来劝王秀才，还把前言来讲道：“两父母意见相同，只要轻兄之罪，必须得一简验，使仇罪应死，兄可得生。特使小弟辈来达知此意，与兄商量。依小弟辈愚见，尊翁之死，实出含冤，仇人本所宜抵。今若不从简验，兄须脱不得死罪，是以两命抵得他一命，尊翁之命，愿为徒死。况子者亲之遗体，不忍伤既死之骨，却枉残现在之体，亦非正道。何如勉从两父母之言一简，以白亲冤，以全遗体，未必非尊翁在天之灵所喜，惟兄熟思之。”王世名道：“诸兄皆是谬爱小弟肝膈之言。两令君之意，弟非不感激。但小弟提着简尸二字，便心酸欲裂，容到县堂再面计之。”众秀才道：“两令之意，不过如此。兄今往一决，但得相从，事体便易了。弟辈同伴兄去相讲一遭。”王世名即进去拜了母亲四拜，道：“从此不得再侍膝下了。”又拜妻俞氏两拜，托以老母幼子。大哭一场，噙泪而出，随同众友到县间来。

两个大尹正会在一处，专等诸生劝他的回话。只见王世名一同诸生到来，两大尹心里暗喜道：“想是肯从所议，故此同来也。”王世名身穿囚服，一见两大尹即称谢道：“多蒙两位大人曲欲全世名一命，世名心非木石，岂不知感恩？

但世名所以隐忍数年，甘负不孝之罪于天地间觍颜嘻笑者，正为不忍简尸一事。今欲全世名之命，复致残久安之骨，是世名不是报仇，明是自杀其父了。总是看得世名一死太重，故多此议论。世名已别过母妻，将来就死，惟求速赐正罪。”两大尹相顾恃疑，诸生辈杂乱讲，世名只不改口。汪大尹假意作色道：“杀人者死，王俊既以殴死致为人杀，论法自宜简所殴之尸有伤无伤，何必问尸亲愿简与不愿简？吾们只是依法行事罢了。”王世名见大尹执意不回，愤然道：“所以必欲简视，止为要见伤痕，便做道世名之父毫无伤，王俊实不宜杀，也不过世名一死当之，何必再简？今日之事要动父亲尸骸，必不能勾。若要世名性命，只在顷刻可了，决不偷生以负初心！”言毕，望县堂阶上一头撞去。眼见得世名被众人激得焦躁，用得力猛，早把颅骨撞碎，脑浆迸出而死。

囹圄自可从容入，何必须臾赴九泉？
只为书生拘律法，反令孝子不回旋。

两大尹见王秀才如此决烈，又惊又惨，一时做声不得。两县学生一齐来看王秀才，见已无救，情义激发，哭声震天。对两大尹道：“王生如此死孝，真为难得。今其家惟老母寡妻幼子，身后

之事，两位父母主张从厚，以维风化。”两大尹不觉垂泪道：“本欲相全,岂知其性烈如此！前日王生曾将当时处和之产，封识花息，当官交明，以示义不苟受；今当立一公案，以此项给其母妻为终老之资，庶几两命相抵，独多着王良一死无着落，即以买和产业周其眷属，亦为得平。”诸生众口称是。两大尹随各捐俸金十两，诸生共认捐三十两，共成五十两，召王家亲人来将尸首领回，从厚治丧。两学生员为文以祭之云：“鸣呼王生，父死不鸣。刃如仇颈，身即赴冥。欲全其父，宁弃其生。一时之死，千秋之名。哀哉尚飨！”诸生读罢祭文，放声大哭。哭得山摇地动，闻之者无不泪流。哭罢，随请王家母妻拜见，面送赙仪，说道：“伯母尊嫂，宜趁此资物，出丧殡殓。”王母道：“谨领尊命。即当与儿媳商之。”俞氏哭道：“多承列位盛情。吾夫初死，未忍遽殡，尚欲停丧三年，尽妾身事生之礼。三年既满，然后议葬，列位伯叔不必性急。”诸生不知他甚么意思，各自散去了。

此后但是亲戚来往问及出柩者，俞氏俱以言阻说，必待三年。亲戚多道：“从来说入土为安，为何要拘定三年？”俞氏只不肯听，停丧在家。直到服满除灵，俞氏痛哭一场，自此绝食,旁人多不知道。不上十日,肚肠饥断,呜呼哀哉了！学中诸生闻之,愈加稀奇,齐来吊视。王母诉出媳妇坚贞之性，矢志从夫，三年之中，如同一日，使人不及提防，竟以身殉。今止剩三岁孤儿与老身，可怜可怜。诸生闻言，恸哭不已，齐去禀知陈大尹。大尹惊道：“孝子节妇，出于一家，真可敬也！”即报各上司，先行奖恤，候抚按具题旌表。诸生及亲戚又义助含殓，告知王母，择日一同出柩，方知俞氏初时必欲守至三年，不肯先葬其夫者，专为等待自己双双同出也。远近闻之，人人称叹。巡按马御史奏闻于朝，下诏旌表其门曰“孝烈”，建坊褒荣。有《孝烈传志》行于世。

父死不忍简，自是人子心。
怀仇数年馀，始得伏斧砧。
岂肯自吝死，复将父骨侵？
法吏拘文墨，枉效书生忱。
宁知侠烈士，一死无沉吟！
彼妇激馀风，三年蓄意深。
一朝及其期，地下遂相寻。
似此孝与烈，堪为薄俗箴。

两错认莫大姐私奔　再成交杨二郎正本

诗云：

李代桃僵，羊易牛死。
世上冤情，最不易理。

话说宋时南安府大庾县有个吏典黄节，娶妻李四娘；四娘为人心性风月，好结识个把风流子弟，私下往来。向与黄节生下一子，已是三岁了，不肯收心，只是贪淫。一日黄节因有公事，住在衙门中了十来日。四娘与一个不知姓名的奸夫说通了，带了这三岁儿子一同逃去。出城门不多路，那儿子见眼前光景生疏，啼哭不止。四娘好生不便，竟把儿子丢弃在草中，自同奸夫去了。大庾县中有个手力人李三，到乡间行公事，才出城门，只听得草地里有小儿啼哭之声，急往前一看，见是一个小儿眠在草里，擂天倒地价哭。李三看了心中好生不忍，又不见一个人来睬他，不知父母在那里去了。李三走去抱扶着他，那小儿半日不见了人，心中虚怯，哭得不耐烦，今见个人来偎傍，虽是面生些，也倒忍住了哭，任凭他抱了起来。原来这李三不曾有儿女，看见欢喜。也是合当有事，道是天赐与他小儿，一径的抱了回家。家人见孩子生得清秀，尽多快活，养在家里，认作是自家的了。

这边黄节衙门中出来，回到家里，只见房闼寂静，妻子多不见了。骇问邻舍，多道是“押司出去不多日，娘子即抱着小哥不知那里去了，关得门户寂悄悄的。我们只道到那里亲眷家去，不晓得备细。”黄节情知妻四娘有些毛病的，着了忙，各处亲眷家问，并无下落。黄节只得写下了招贴，各处访寻，情愿出十贯钱做报信的谢礼。

一日，偶然出城数里，恰恰经过李三门首。那李三正抱着这拾来的儿子，在那里与他作耍。黄节仔细一看，认得是自家的儿子，喝问李三道：“这是我的儿子，你却如何抱在此间！我家娘子那里去了？”李三道：“这儿子吾自在草地上拾来的，那晓得甚么娘子？”黄节道：“我妻子失去，遍贴招示，谁不知道？今儿子既在你处，必然是你作奸犯科，诱藏了我娘子，有甚么得解说？”李三道：“我自是拾得的，那知这些事？”黄节扭住李三，叫起屈来，惊动地方邻里，多走将拢来，黄节告诉其事，众人道：“李三元不曾有儿子，抱来时节实是有些来历不明，却不知是押司的。”黄节道：“儿子在他处了，还有我娘子不见，是他一同拐了来的。”众人道：“这个我们不知道。”李三发急道：“我那见甚么娘子？那日草地上，只见得这个孩子在那里哭，我抱了回家。今既是押司的，我认了晦气，还你罢了，怎的还要赖我甚么娘子！”黄节道：“放你娘的屁！是我赖你，我现有招贴在外的，你这个奸徒，我当官与你说话！”对众人道：“有烦列位与我带一带，带到县里来。事关着拐骗良家子女，是你地方邻里的干系，不要走了人！”李三道：“我没甚欺心事，随你去见官，自有明白，一世也不走。”

黄节随同了众人押了李三，抱了儿子，一直到县里来。黄节写了纸状词，把上项事一一禀告县官。县官审问李三，李三只说路遇孩子抱了归来是实，并不知别项情由。县官道：“胡说！他家不见了两个人，一个在你家了，这一个又在那里？这样奸诈，不打不招。”遂把李三上起刑法来，打得一佛出世，二佛生天，只不肯招。那县里有与黄节的一般吏典二十多个，多护着吏典行里体面，一齐来跪禀县官，求他严行根究。县官又把李三重加敲打，李三当不过，只得屈招道：“因为家中无子，见黄节妻抱了儿子在那里，把来杀了，盗了他儿子回来，今被捉获，情愿就死。”县官又问：“尸首今在何处？”李三道：“恐怕人看见，抛在江中了。”县官录了口词，取了供状，问成罪名，下在死囚牢中了，分付当案孔目做成招状，只等写完文卷，就行解府定夺。孔目又为着黄节，把李三狱情做得没些漏洞。其时乃是绍兴十九年八月二十九日。文卷已完，狱中取出李三解府，系是杀人重犯，上了镣肘，戴了木枷，跪在庭下，专听点名起解。忽然阴云四合，空中雷电交加，李三身上枷尽行脱落。霹雳声，掌案孔目震死在堂上，二十多个吏典头上吏巾，皆被雷风掣去。县官惊得浑身打颤，须臾性定，叫把孔目身尸验看，背上有朱红写的“李三狱冤”四个篆字。县官便叫李三问时，李三兀自痴痴地立着，一似失了魂的，听得呼叫，然后答应出来。县官问道：“你身上枷，适才怎么样解了的？”李三道：“小人眼前昏黑，犹如梦里一般，更不知一些甚么，不晓得身上枷怎地脱了。”县官明知此事有冤，遂问李三道：“你前日孩子果是怎生的？”李三道：“实实不知谁人遗下，在草地上啼哭，小人不忍，抱了回家。至于黄节夫妻之事，小人并不知道，是受刑不过屈招的。”县官此时又惊又悔道：“今日看起来，果然与你无干。”当时遂把李三释放，叫黄节与同差人别行寻缉李四娘下落。后来毕竟在别处地方寻获，方知天下事专在疑似之间冤枉了人。这个李三，若非雷神显灵，险些儿没辨白处了。而今说着国朝一个人也为妻子随人走了，冤家一个邻舍往来的，几乎累死，后来却得明白，与大庾这件事有些仿佛。待小人慢慢说来，便知端的。

佳期误泄桑中约，好事讹牵月下绳。
只解推原平日状，岂知局外有翻更？

话说北直张家湾有个居民，姓徐名德，本身在城上做长班。有妻莫大姐，生得大有容色，且是兴高好酒，醉后就要趁着风势撩拨男子汉，说话勾搭。邻舍有个杨二郎，也是风月场中人，年少风流，闲荡游耍过日，没甚根基。与莫大姐终日调情，你贪我爱，弄上了手，外边人无不知道。虽是莫大姐平日也还有个把梯己人往来，总不如与杨二郎过得恩爱，况且徐德在衙门里走动，常有个月期程不在家里，杨二郎一发便当，竟像夫妻一般过日。后来徐德挣得家事从容了，衙门中寻了替身，不消得日日出去，每有时节歇息在家里，渐渐把杨二郎与莫大姐光景看了些出来。细访邻里街坊，也多有三三两两说话。徐德一日对莫大姐道：“咱辛辛苦苦了半世，挣得有碗饭吃了，也要装些体面，不要被外人笑话便好。”莫大姐道：“有甚笑话？”徐德道：“钟不扣不鸣，鼓不打不响，欲人不知，莫若不为，你做的事，外边那一个不说的？你瞒咱则甚？咱叫你今后仔细些罢了。”莫大姐被丈夫道着海底眼，虽然撒娇撒痴，说了几句支吾门面说话，却自想平日忒做得渗濑，晓得瞒不过了，不好十分强辨得。暗地忖道：“我与杨二郎交好，情同夫妻，时刻也闲不得的。今被丈夫知道，必然防备得紧，怎得象意？不如私下与他商量，卷了些家财，同他逃了去他州外府，自由自在的快活，岂不是好！”藏在心中。

一日看见徐德出去，便约了杨二郎密商此事。杨二郎道：“我此间又没甚牵带，大姐肯同我去，要走就走。只是到外边去，须要有些本钱，才好养得口活。”莫大姐道：“我把家里细软尽数卷了去，怕不也过几时？等住定身子，慢慢生发做活就是。”杨二郎道：“这个就好了。一面收拾起来，得便再商量走道儿罢了。”莫大姐道：“说与你了，待我看着机会，拣个日子，悄悄约你走路。你不要走漏了消息。”杨二郎道：“知道。”两个趁空处又做了一点点事，千分万付而去。

徐德归来几日，看见莫大姐神思撩乱，心不在焉的光景，又访知杨二郎仍来走动，恨着道：“等我一时撞着了，怕不斫他做两段！”莫大姐听见，私下教人递信与杨二郎，目下切不要到门前来露影。自此杨二郎不敢到徐家左近来。莫大姐切切在心，只思量和他那里去了便好，已此心不在徐家，只碍着丈夫一个是眼中钉了。大凡女人心一野，自然七颠八倒，如痴如呆，有头没脑，说着东边，认着西边，没情没绪的。况且杨二郎又不得来，茶里饭里多是他，想也想痴了。因是闷得不耐烦，问了丈夫，同了邻舍两三个妇女们约了，要到岳庙里烧一炷香。此时徐德晓得这婆娘不长进，不该放他出去才是。却是北人直性，心里道："这几时拘系得紧了，看他恍恍惚惚，莫不生出病来？便等他外边去散散。"北方风俗，女人出去，只是自行，男子自有勾当，不大肯跟随走的。当下莫大姐自同一伙女伴带了纸马酒盒，抬着轿，飘飘逸逸的出门去了。只因此一去，有分教：

闺中佚女，竟留烟月之场；枕上情人，险作囹圄之鬼。直待海清终见底，方令盆覆得还光。

且说齐化门外有一个倬峭的子房，姓郁名盛，生性淫荡，立心刁钻，专一不守本分，勾搭良家妇女，又喜讨人便宜，做那昧心短行的事。他与莫大姐是姑舅之亲，一向往来，两下多有些意思，只是不曾得便，未上得手。郁盛心里道是一桩欠事，时常记念的。一日在自己门前闲立，只见几乘女轿抬过，他窥头探脑去看那轿里抬的女眷，恰好轿帘隙处，认得是徐家的莫大姐。看了轿上挂着纸钱，晓得是岳庙进香，又有闲的挑着盒担，乃是女眷们游耍吃酒的。想道："我若厮赶着他们去闲荡一番，不过插得些寡趣，落得个眼饱，没有实味。况有别人家女眷在里头，便插趣也有好些不便，不若我整治些酒馔在此等莫大姐转来。我是亲眷人家，邀他进来，打个中火，没人说得。亦且莫大姐尽是贪杯高兴，十分有情的，必不推拒，那时趁着酒兴营勾他，不怕他不成这事。好计，好计！”即时奔往闹热胡同，只拣可口的鱼肉荤肴、榛松细果，买了偌多，撮弄得齐齐整整。正是：

安排扑鼻芳香饵，专等鲸鲵来上钩。

却说莫大姐同了一班女伴到庙里烧过了香，各处去游耍，挑了酒盒，野地上随着好坐处，即便摆着吃酒。女眷们多不十分大饮，无非吃下三数杯，晓得莫大姐量好，多来劝他。莫大姐并不推辞，拿起杯来就吃就干，把带来的酒吃得罄尽，已有了七八分酒意。天色将晚，然后收拾家火上轿抬回。回至郁家门前，郁盛瞧见，忙至莫大姐轿前施礼道：“此是小人家下，大姐途中口渴了，可进里面告奉一茶。”莫大姐醉眼朦胧，见了郁盛是表亲，又是平日调得情惯的，忙叫住轿，走出轿来，与郁盛万福道：“元来哥哥住在这里。”郁盛笑容满面道：“请大姐里面坐一坐去。”莫大姐带着酒意，踉踉跄跄的跟了进门。别家女轿晓得徐家轿子有亲眷留住，各自先去了，徐家的轿夫住在门口等候。

莫大姐进得门来，郁盛邀至一间房中，只见酒果肴馔，摆得满桌。莫大姐道：“甚么道理要哥哥这么价费心？”郁盛道："难得大姐在此经过，一杯淡酒，聊表寸心而已。"郁盛是有意的，特地不令一个人来伏侍，只是一身陪着，自己斟酒，极尽殷勤相劝。正是：

茶为花博士，酒是色媒人。

莫大姐本是已有酒的，更加郁盛慢橹摇船捉醉鱼，腼腆着面庞央求不过，又吃了许多。酒力发作，乜斜了双眼，淫兴勃然，倒来丢眼色，说风话。郁盛挨在身边同坐了，将着一杯酒，你呷半口，我呷半口，又噙了一口，勾着脖子度将过去，莫大姐接来咽下去了，就把舌头伸过口来，郁盛咂了一回。彼此春心荡漾，偎抱到床中，褪下小衣，弄将起来。

一个醉后掀腾，一个醒中摩弄。醉的如迷花之梦蝶，醒的似采蕊之狂蜂。醉的一味兴浓，担承愈勇；醒的半兼趣胜，玩视偏真。此贪彼爱不同情，你醉我醒皆妙境。

两人战到间深之处，莫大姐不胜乐畅，口里哼哼的道："我二哥，亲亲的肉，我一心待你，只要同你一处去快活了罢！我家天杀的不知趣，又来拘管人，怎如得二哥这等亲热有趣？"说罢，将腰下乱颠乱耸，紧紧抱住郁盛不放，口里只叫"二哥亲亲"。

原来莫大姐醉得极了，但知快活异常，神思昏迷，忘其所以，真个醉里醒时言，又道是酒道真性，平时心上恋恋的是杨二郎，恍恍惚惚，竟把郁盛错认。干事的是郁盛，说的话多是对杨二郎的话。郁盛原晓得杨二郎与他相厚的，明明是醉里认差了。郁盛道：“叵耐这浪淫妇，你只记得心上人，我且将计就计，餂舌他说话，看他说甚么来？”就接口道：“我怎生得同你一处去快活？”莫大姐道：“我前日与你说的，收拾了些家私，和你别处去过活，一向不得空便。今秋分之日，那天杀的进城上去，有那衙门里勾当，我与你趁那晚走了罢。”郁盛道：“走不脱却怎么？”莫大姐道：“你端正下船儿，一搬下船，连夜摇了去。等他城上出来知得，已此赶不着了。”郁盛道：“夜晚间把甚么为暗号？”莫大姐道：“你只在门外拍拍手掌，我里头自接应你。我打点停当好几时了，你不要错过。”口里糊糊涂涂，又说好些，总不过肉麻说话，郁盛只拣那几句要紧的，记得明明白白在心。

须臾云收雨散，莫大姐整一整头髻，头眩眼花的走下床来。郁盛先此已把酒饭与轿夫吃过了，叫他来打着轿，搀扶着莫大姐上轿去了。郁盛回来，道是占了采头，心中欢喜；却又得了他心腹的话，笑道：“咤异，咤异，那知他要与杨二郎逃走，尽把相约的事对我说了。又认我做了杨二郎，你道好笑么？我如今将错就错，雇下了船，到那晚剪他这绺，落得载他娘在别处去，受用几时，有何不可？”郁盛是个不学好的人，正挠着的痒处，以为得计。一面料理船只，只等到期行事，不在话下。

且说莫大姐归家，次日病了一日酒，昨日到郁家之事，犹如梦里，多不十分记得，只依稀印象，认作已约定杨二郎日子过了，收拾停当，只待起身。岂知杨二郎处虽曾说过两番，晓得有这个意思，反不曾精细叮咛得，不做整备的。到了秋分这夜，夜已二鼓，莫大姐在家里等候消息。只听得外边拍手响，莫大姐心照，也拍拍手。开门出去，黑影中见一个人在那里拍手，心里道是杨二郎了，急回身进去，将衣囊箱笼，逐件递出，那人一件件接了，安顿在船中。莫大姐恐怕有人瞧见，不敢用火，将房中灯打灭了，虚锁了房门，黑里走出。那人扶了上船，如飞把船开了。船中两个多是低声细语，况是慌张之际，莫大姐只认是杨二郎，急切辨不出来。莫大姐失张失志，忙碌了一日，下得船才心安。倦将起来，不及做甚么事，说得一两句话，那人又不十分回答。莫大姐放倒头，和衣就睡着了去。

比及天明，已在潞河，离家有百十里了。撑开眼来看那舱里同坐的人，不是杨二郎，却正是齐化门外的郁盛。莫大姐吃了一惊道："如何却是你？"郁盛笑道："那日大姐在岳庙归来，途中到家下小酌，承大姐不弃，赐与欢会，是大姐亲口约下我的，如何倒吃惊起来？"莫大姐呆了一回，仔细一想，才省起前日在他家吃酒，酒中淫媾之事，后来想是错认，把真话告诉了出来。醒来记差，只说是约下杨二郎了，岂知错约了他？今事已至此，说不得了，只得随他去。只是怎生发付杨二郎呵？因问道："而今随着哥哥到那里去才好？"郁盛道："临清是个大码头去处，我有个主人在那里。我与你那边去住了，寻生意做。我两个一窝儿作伴，岂不快活？"莫大姐道："我衣囊里尽有些本钱，哥哥要营运时，足可生发度日的。”郁盛道：“这个最好。”从此莫大姐竟同郁盛到临清去了。

话分两头，且说徐德衙门公事已毕，回到家里，家里悄没一人，箱笼什物皆已搬空。徐德骂道：“这歪剌姑一定跟得奸夫走了！”问一问邻舍，邻舍道：“小娘子一个夜里不知去向。第二日我们看见门是锁的了，不晓得里面虚实。你老人家自想着，无过是平日有往来的人约的去。”徐德道：“有甚么难见处？料只在杨二郎家里。”邻舍道：“这猜得着，我们也是这般说。”徐德道：“小人平日家丑须瞒列位不得。今日做出事来，眼见得是杨二郎的缘故。这事少不得要经官，有烦两位做一敝见证。而今小人先到杨家去问一问下落，与他闹一场则个。”邻舍道：“这事情那一个不知道的？到官时，我们自然讲出公道来。”徐德道：“有劳，有劳。”当下一忿之气，奔到杨二郎家里。恰好杨二郎走出来，徐德一把扭住道：“你把我家媳妇子拐在那里去藏过了？”杨二郎虽不曾做这事，却是曾有这话关着心的，骤然闻得，老大吃惊，口里嚷道：“我那知这事，却来嫌我！”徐德道：“街坊上那一个不晓得你营勾了我媳妇子？你还要赖哩！我与你见官去，还我人来！”杨二郎道：“不知你家嫂子几时不见了，我好耽耽在家里，却来问我要人。就见官，我不相干！”徐德那听他分说，只是拖住了交付与地方，一同送到城上兵马司来。

徐德衙门情熟，为他的多，兵马司先把杨二郎下在铺里。次日，徐德就将奸拐事情，在巡城察院衙门告将下来，批与兵马司严究。兵马审问杨二郎，杨二郎初时只推无干。徐德拉同地方，众口证他有奸，兵马喝叫加上刑法。杨二郎熬不过，只得招出平日通奸往来是实。兵马道：“奸情既真，自然是你拐藏了。”杨二郎道：“只是平日有奸，逃去一事，委实与小的无涉。”兵马又唤地方与徐德问道：“他妻子莫氏还有别个奸夫么？”徐德道：“并无别人，只有杨二郎奸稔是真。”地方也说道：“邻里中也只晓杨二郎是奸夫，别一个不见说起。”兵马喝杨二郎道：“这等还要强辩！你实说拐来藏在那里？”杨二郎道：“其实不在小的处，小的知他在那里？”兵马大怒，喝叫：“重重夹起，必要他说。”杨二郎只得又招道：“曾与小的商量要一同逃去，这说话是有的。小的不曾应承，故此未约得定。而今却不知怎的不见了。”兵马道：“既然曾商量同逃，而今走了，自然知情。他无非私下藏过，只图混赖一时，背地里却去奸宿。我如今收在监中，三日五日一比，看你藏得到底不成！”遂把杨二郎监下，隔几日就带出鞫问一番。杨二郎只是一般说话，招不出人来。徐德又时时来催禀，不过做杨二郎屁股不着，打得些屈棒，毫无头绪。杨二郎正是俗语所云：

从前作事，没兴齐来。

乌狗吃食，白狗当灾。

杨二郎当不过屈打，也将霹诬枉禁事情在上司告下来。提到别衙门去问，却是徐德家里实实没了人，奸情又招是真的，不好出脱得他。有矜疑他的，教他出了招贴，许下赏钱，募人缉访。然是十个人内倒有九个说杨二郎藏过了是真的，那个说一声其中有冤枉？此亦是杨二郎淫人妻女应受的果报。

女色从来是祸胎，奸淫谁不惹非灾？
虽然逃去浑无涉，亦岂无端受枉来？

且不说这边杨二郎受累，累年不决的事；再表郁盛自那日载了莫大姐到了临清地方，赁间闲房住下，两人行其淫乐，混过了几时。莫大姐终久有这杨二郎在心里，身子虽现随着郁盛，毕竟是勉强的，终日价没心没想，哀声叹气。郁盛起初绸缪，相处了两个月，看看两下里各有些嫌憎，不自在起来。郁盛自想道："我目下用他的，带来的东西须有尽时，我又不会做生意，日后怎生结果？况且是别人的妻小，留在身边，到底怕露将出来，不是长便。我也要到自家里去的，那里守得定在这里？我不如寻个主儿卖了他。他模样尽好，到也还值得百十两银子。我得他这些身价与他身边带来的许多东西，也尽勾受用了。"打听得临清渡口驿前乐户魏妈妈家里养许多粉头，是个兴头的鸨儿，要的是女人，寻个人去与地说了。魏妈只做访亲，来相探望，看过了人物，还出了八十两价钱，交兑明白，只要抬人去。郁盛哄着莫大姐道："这魏妈妈是我家外亲，极是好情分。你我在此异乡，图得与他做个相识往来，也不寂寞。魏妈妈前日来望过了你，你今日也去还拜他一拜才是。"莫大姐女眷心性，巴不得寻个头脑外边去走走的，见说了，即便梳妆起来。

郁盛就去雇了一乘轿，把莫大姐竟抬到魏妈家里。莫大姐看见魏妈妈笑嘻嘻相头相脚，只是上下看觑，大剌剌的不十分接待。又见许多粉头在面前，心里道："甚么外亲？看来是个衍斩足人家了。"吃了一杯茶，告别起身。魏妈妈笑道："你还要到那里去？"莫大姐道："家去。"魏妈妈道："还有甚么家里？你已是此间人了。"莫大姐吃一惊道："这怎么说？"魏妈妈道："你家郁官儿得了我八十两银子，把你卖与我家了。"莫大姐道："那有此话！我身子是自家的，谁卖得我！"魏妈妈道："甚么自家不自家？银子已拿得去了，我那管你！"莫大姐道："等我去和那天杀的说个明白！"魏妈妈道："此时他跑自家的道儿，敢走过七八里路了，你那里寻他去？我这里好道路，你安心住下了罢，不要讨我杀威棒儿吃！"莫大姐情知被郁盛所赚，叫起撞天屈来，大哭了一场。魏妈妈喝住只说要打，众粉头做好做歉的来劝住。莫大姐原是立不得贞节牌坊的，到此地位，落了圈套，没计奈何，只得和光同尘，随着做娼妓罢了，此亦是莫大姐做妇女不学好应受的果报。

妇女何当有异图？贪淫只欲闪亲夫。
今朝更被他人闪，天报昭昭不可诬。

莫大姐自从落娼之后，心里常自想道："我只图与杨二郎逃出来快活，谁道醉后错记，却被郁盛天杀的赚来，卖我在此。而今不知杨二郎怎地在那里，我家里不见了人，又不知怎样光景？”时常切切于心。有时接着相投的孤老，也略把这些前因说说，只好感伤流泪，那里有人管他这些唠叨？

光阴如箭，不觉已是四五个年头。一日，有一个客人来嫖宿饮酒，见了莫大姐，目不停瞬，只管上下瞧觑。莫大姐也觉有些面染，两下疑惑。莫大姐开口问道：“客官贵处？”那客人道：“小子姓幸名逢，住居在张家湾。”莫大姐见说“张家湾”三字，不觉潸然泪下，道：“既在张家湾，可晓得长班徐德家里么？”幸逢惊道：“徐德是我邻人，他家里失去了嫂子几年。适见小娘子面庞有些斯象，莫不正是徐嫂子么？”莫大姐道：“奴正是徐家媳妇，被人拐来坑陷在此。方才见客人面庞，奴家道有些认得，岂知却是日前邻舍幸官儿。”元来幸逢也是风月中人，向时看见莫大姐有些话头，也曾咽着干唾的，故此一见就认得。幸逢道：“小娘子你在此不打紧，却害得一个人好苦。”莫大姐道：“是那个？”幸逢道：“你家告了杨二郎，累了几年官司，打也不知打了多少，至今还在监里，未得明白。”莫大姐见说，好不伤心，轻轻对幸逢道：“日里不好尽言，晚上留在此间，有句说话奉告。”

幸逢是晚就与莫大姐同宿了。莫大姐悄悄告诉他，说委实与杨二郎有交，被郁盛冒充了杨二郎拐来卖在这里，从头至尾一一说了。又与他道：“客人可看平日邻舍面上，到家说知此事，一来救了奴家出去，二来说清了杨二郎，也是阴功，三来吃了郁盛这厮这样大亏，等得见了天日，咬也咬他几口！”幸逢道：“我去说，我去说。杨二郎、徐长班多是我一块土上人，况且贴得有赏单，今我得实，怎不去报？郁盛这厮有名刁钻，天理不容，也该败了。”莫大姐道：“须得密些才好，若漏了风，怕这家又把我藏过了。”幸逢道：“只你知我知，而今见人再不要提起。我一到彼就出首便是。”两人商约已定，幸逢竟自回转张家湾。来见徐德道：“你家嫂子已有下落，我亲眼见了。”徐德道：“见在那里？”幸逢道：“我替你同到官面前，还你的明白。”徐德遂同了幸逢齐到兵马司来。幸逢当官递上一纸首状，状云：“首状人幸逢，系张家湾民，为举首略卖事。本湾徐德失妻莫氏，告官未获。今逢目见本妇身在临清乐户魏鸨家，倚门卖奸。本妇称系市棍郁盛略卖在彼是的。贩良为娼，理合举首。所首是实。”兵马即将首状判准在案。一面申文察院，一面密差兵番拿获郁盛到官刑鞫。郁盛抵赖不过，供吐前情明白。当下收在监中，俟莫氏到时，质证定罪。随即奉察院批发明文，押了原首人幸逢与本夫徐德，行关到临清州，眼同认拘莫氏及买良为娼乐户魏鸨，到司审问。原差守提，临清州里即忙添差公人，一同行拘。一干人到魏家，好似瓮中捉鳖，手到拿来。临清州点齐了，发了批回，押解到兵马司来。杨二郎彼时还在监中，得知这事，连忙写了诉状，称是“与己无干，今日幸见天日”等情投递。兵马司准了，等候一同发落。

其时人犯齐到听审，兵马先唤莫大姐问他。莫大姐将郁盛如何骗他到临清，如何哄他卖娼家，一一说了备细。又唤魏鸨儿问道：“你如何买了良人之妇？”魏妈妈道：“小妇人是个乐户，靠那取讨娼妓为生。郁盛称说自己妻子愿卖，小妇人见了是本夫做主的，与他讨了，岂知他是拐来的？”徐德走上来道：“当时妻子失去，还带了家里许多箱笼资财去。今人既被获，还望追出赃私，给还小人。”莫大姐道：“郁盛哄我到魏家，我只走得一身去，就卖绝在那里，一应所有，多被郁盛得了，与魏家无干。”兵马拍桌道：“那郁盛这样可恶！既拐了人去奸宿了，又卖了他身子，又没了他资财，有这等没天理的！”喝叫重打。郁盛辩道：“卖他在娼家，是小人不是，甘认其罪。至于逃去，是他自跟了小人走的，非干小人拐他。”兵马问莫大姐道：“你当时为何跟了他走？不实说出来，讨拶！”莫大姐只得把与杨二郎有奸认错了郁盛的事，一一招了。兵马笑道：“怪道你丈夫徐德告着杨二郎。杨二郎虽然屈坐了监几年，徐德不为全诬。莫氏虽然认错，郁盛乘机盗拐，岂得推故？”喝教把郁盛打了四十大板，问略贩良人军罪，押追带去赃物给还徐德。莫氏身价八十两，追出入官。魏妈买良，系不知情，问个不应罪名，出过身价，有几年卖奸得利，不必偿还。杨二郎先有奸情，后虽无干，也问杖赎，释放宁家。幸逢首事得实，量行给赏。判断已明，将莫大姐发与原夫徐德收领。徐德道：“小人妻子背了小人逃出了几年，又落在娼家了，小人还要这滥淫妇做甚么！情愿当官休了，等他别嫁个人罢。”兵马道：“这个由你，且保领出去，自寻人嫁了他，再与你立案罢了。”

一干人众各到家里。杨二郎自思：“别人拐去了，却冤了我坐了几年监，更待干罢？”告诉邻里，要与徐德厮闹。

徐德也有些心怯，过不去，转央邻里和解。领里商量调停这事，议道："总是徐德不与莫大姐完聚了。现在寻人别嫁，何不让与杨二郎娶了，消释两家冤仇？"与徐德说了。徐德也道："负累了他，便依议也罢。"杨二郎闻知，一发正中下怀，笑道："若肯如此，便多坐了几时，我也永不提起了。"邻里把此意三面约同，当官禀明。兵马备知杨二郎顶缸坐监，有些屈在里头，依地方处分，准徐德立了婚书，给与杨二郎为妻，莫大姐称心象意，得嫁了旧时相识。因为吃过了这些时苦，也自收心学好，不似前时惹骚招祸，竟与杨二郎到了底。这莫非是杨二郎的前缘？然也为他吃苦不少了，不为美事。后人当以此为鉴。

枉坐囹圄已数年，而今方得保婵娟。
何如自守家常饭，不害官司不损钱？